SHANGHAI LITERATURE & ART PUBLISHING GROUP

故事会
精品系列

故事会

武林故事

上海锦绣文章出版社
上海故事会文化传媒有限公司

上海文艺出版（集团）有限公司

图书在版编目（CIP）数据

武林故事 《故事会》编辑部编 – 上海：上海锦绣文章出版社
（故事会精品系列） ISBN 978-7-5452-0656-2
Ⅰ．①武…Ⅱ．①故…Ⅲ．①故事 作品集 中国 当代 Ⅳ．I247.8
中国版本图书馆 CIP 数据核字 (2010) 第 091574 号

丛 书 名：故事会精品系列

书　　名：武林故事

主　　编：何承伟

编　　委：何承伟　吴 伦　姚自豪　夏一鸣

责任编辑：刘迎曦　鲍 放

装帧设计：王 伟

责任督印：张 凯

出　　　　版：　上海锦绣文章出版社

　　　　　　　　上海故事会文化传媒有限公司

POD 海外发行：　中国图书进出口上海公司

　　　　　　　　电话：021-36357888

　　　　　　　　传真：021-36357896

　　　　　　　　地址：上海市虹口区广中路 88 号

　　　　　　　　邮编：200083

目　　录

笑泯恩仇

复仇的剑花 …………………………………… 2

杜家钢刀 …………………………………… 7

白家大院 …………………………………… 12

天下第一剑 …………………………………… 17

杜家寨的枪声 ………………………………… 20

巾帼佳人

小妾 ………………………………………… 30

红石寨传奇 ………………………………… 37

猜猜我是谁 ………………………………… 44

大牛打老婆 ………………………………… 49

神艺绝技

救艺 ………………………………………… 55

真气和神气 ………………………………… 58

宝马 ………………………………………… 64

铲除安霸天 ………………………………… 70

智斩"七匹狼" ……………………………… 79

神技 ………………………………………… 84

绝活 ………………………………………… 89

侠义真修

刀侠 ………………………………………… 96

老樵夫 ……………………………………… 102

十年寒窗图的啥 …………………………… 106

真正的大侠 ………………………………… 110

独臂拉面王 ………………………………… 117

神指王 ……………………………………… 122

谐趣江湖

无穷流毒 …………………………… 126

神偷 …………………………… 132

原来如此 …………………………… 137

铁笔先生 …………………………… 144

奇人有一功…………………………… 149

笑泯恩仇

都说有人的地方就有恩怨,有恩怨的地方就有江湖。又有多少人在度尽江湖劫波之后,方才悟出"相逢一笑泯恩仇"的道理来呢?

复仇的剑花

　　有个人，名字叫九朵，父亲很早就被人用剑杀死了，所以从懂事起，他就拜山里一个剑客为师，刻苦学剑，因为他想有朝一日替父亲报仇。

　　九朵人很聪明，学剑也很用功，所以剑术长进非常快，所有看过九朵舞剑的人都说他师傅收了个好徒弟。

　　但师傅看九朵练剑，常常会看着看着突然地叹一口气。九朵不知道师傅为什么叹气，在他的心里，成天只有"替父报仇"四个字。

　　不过，关于父亲的死，九朵有一点一直不明白：剑术中最高级别是能舞出十朵剑花，父亲那时候已经能舞出九朵剑花了，可死的时候胸口上却只有一朵剑花。也就是说，对方只舞出一朵剑花，就把父亲杀死了。一个能舞出九朵剑花的人，却被一个只舞了一朵剑花的人杀死，这实在让九朵想不通。

九朵发誓要替父亲报仇，所以学剑学得特别狠，到十八岁的时候，他已经能够舞出八朵剑花来了，这在当时的武林中可以说是绝无仅有的。

在那几年的武林大会上，九朵出尽了风头，各种奖项和名号几乎都被他囊括一空。称雄武林的九朵等不及了，决定立刻去找杀父仇人较量一番。

九朵知道师傅一直不赞成他的做法，所以就不辞而别下了山。

一路上，九朵风餐露宿，历尽艰辛，到处寻找打听。终于有一天，在大漠边关，九朵遇见了一个老人，九朵还没说话，老人就开口了："你和你父亲长得太像了，你是来找我复仇的吧？没错，是我杀死了你父亲。我叫关霜。"

九朵一听，顿时血气上涌，没容这个杀父仇人再多说一个字，拔出剑就和他交起手来。

可是令九朵羞愧难当的是，只几个回合，九朵就败下阵来，关霜取笑九朵是个没用的种。

九朵不甘心认输，仇恨和屈辱反而给了他一种巨大的动力。离开关霜之后，他觉得没脸回去见师傅，就自己找了一处山林，一气狠练了五年。

到第六个年头，九朵断定自己的剑术肯定又上了一个剑花，就再一次站在了关霜面前，逼他出剑。

可是关霜根本不理睬他，关霜独自舞起剑来，一舞就舞出了十朵剑花。

九朵愣住了，什么话也不说，掉头就回山林，开始练他的第十朵剑花。九朵心想：你关霜能舞出十朵剑花，我为什么不能？我非要把你打败不可。

但没想到的是，九朵练了三个月之后，反练出事儿了。

这天早晨起来，九朵就觉得自己的胸口隐隐作痛，可他还是咬着牙坚持练。谁知六个月之后，他胸口的疼痛更加厉害了。到九个月的时候，九朵只要一舞剑，胸口就剧烈地痛。九朵知道自己再也练不下去了，一定是自己急于求成，方法不对，他决定回去向师傅求助，这是九朵最后的希望了。

回到山里，九朵重新拜见师傅。

师傅听了九朵的述说，脸色大变，他给九朵讲起了以往的事情来。

那是在三十年前的一次武林大赛中，九朵的祖父误杀了关霜的父亲。

那时候关霜已经是武林中千年一遇的奇才了，是当时唯一能舞出十朵剑花的人。当时，如果关霜要报仇，只要出手，九朵的祖父肯定连招架之力都没有。但是关霜没有这样做。

一开始，大家都以为是关霜胸襟宽阔，后来才知道其实完全不是这么回事。

原来，关霜当时暗暗发了一个毒誓，要用九朵家老少三代的命来替自己父亲报仇。后来，只是没等计划付诸实施，九朵的祖父就病逝了，于是关霜直接将将目标指向了九朵的父亲。

在几年时间里，关霜不停地找九朵父亲切磋武艺，九朵父亲毕竟不是关霜的对手，于是关霜就用最难听的话来羞辱他，九朵父亲心中的仇恨之火就这样一点点被关霜点燃起来，练功的劲儿比起现在的九朵来根本就是一个天上一个地下。本来，九朵父亲只能舞七朵剑花，但是仇恨让他的剑术进步神速，很快他就能舞出八朵乃至九朵剑花了。

九朵父亲心里很得意：照这个速度，我很快就可以舞出十朵剑花，到那时，打败关霜就不在话下了啊！

"唉——"师傅说到这里深深叹了口气，他看着九朵说，"你父亲不知道，其实他这是中了关霜的圈套啊！"

原来，剑术中有一个极大的忌讳，那就是绝对不能以仇恨来驭剑。刚开始，仇恨会让练习者的剑术突飞猛进，从一朵剑花到二朵、三朵，甚至八朵、九朵。但到了九朵就是极限了，如果这时练剑人的心中还有仇恨，那么第十朵剑花就不可能出现在剑锋上，而是出现在练剑人的心中。这时候，如果越练，练剑人的心神受伤就越重，在第十朵剑花练成的那一刻，只要一运功，这朵剑花就会从这人的心中穿胸而过。

这个忌讳常常被人忽视，那是由于绝大多数的人能练到七朵、八朵剑花就已经相当不错了，所以对于九朵、十朵剑花中的玄机，当然也就无从知晓了。

师傅对九朵说："你父亲就是这样被他自己的第十朵剑花杀死的，关霜这一手真是刻毒啊！我过去一直没有把这个事情告诉你，是怕你像父亲一样去白白送死，不希望你父亲绝后，可没想你还是难逃这个劫难。你也练到第十朵剑花了吧？"

这样的结果，让九朵始料未及。

九朵泪流满面地问师傅："师傅，照你这么说，我永远也报不了仇了？我该怎么办啊？"

师傅看着九朵，深情地说："记住，满怀仇恨是永远也练不成十朵剑花的。当年关霜练成了，是因为那时他心中还没有仇恨。不过，好在练武的人都有一个练门，武艺越高，练门就越薄弱。我和你父亲当年是最好的朋友，所以这些年我一直在琢磨关霜的练门所在。我想，我现在已经找到了。九朵，你过来，我告诉你吧！"

师傅随之附着九朵的耳朵，如此这般说了一番。

第二天，九朵立刻起程去找关霜。

关霜还是在大漠边关石壁那里等他。

关霜讥讽九朵说："你这个没种的东西，你出剑吧！"

九朵朝他摇摇头，说："不，我今天不是来找你报仇的，我只是想来看看你。这些年来，我除了练剑报仇，就是报仇练剑，人世间那么多美好的东西都没有去感受过，我已经厌倦这种生活了。我们不要再斗下去了，做朋友吧？"

关霜一听暴跳如雷："你果然是个没种的东西,你怎么可以忘了你的杀父仇人呢?而且你竟然还要和你的杀父仇人做朋友,真是笑死人了!"

九朵却神定气闲,说:"随你怎么说吧,除非你杀了我,我是不会再动手了。你瞧,这次我还带来了好酒好菜,我们一起大碗喝酒、大块吃肉吧?"

关霜一听九朵这么说,脸上露出了骇人的神色:"你……你真的一点都不恨我了?你……你这个不孝的子孙!"他一边说一边跺着脚,激动地在石壁前走来走去。

九朵看着他,叹了口气,说:"我现在觉得你其实比我更可怜,我年纪轻轻醒悟过来已经觉得太迟,可你时至今日却还不醒悟,那就真的太晚啦!"

九朵话音刚落,关霜的颈上立刻青筋暴突,眼睛像充了血一样鲜红鲜红。

九朵对关霜说:"为了表示我这些年打扰你的歉意,我这次来是准备好好服侍你几年的,每天给你洗衣做饭,有什么事你尽可以差遣我做。我不恨你,也不想欠你什么,做完这一切之后,我就不会再来找你了。"

这时候,只见关霜开始痛苦地抓自己的头发,嘴里喘着粗气,像疯子一样大叫起来:"不可能,不可能,我那么多年的心血不可能被你破坏,你休想破坏!休想!你……"谁知他话还没说完,突然"哇"地喷出一口鲜血,顿时就气绝身亡了。

九朵就地挖了一个坑,把关霜的尸体埋了,还在坟前作揖说:"前辈,安息吧!"

之后,九朵跪地朝西天拜了三拜,喃喃自语道:"爹,您的仇我已经替您报了。可是,为什么我心里一点都高兴不起来呢?"

(朱传辉)

(题图:安玉民)

杜家钢刀

　　在京城，谈起杜老刀，没有不知晓的。那时，在刑部主事的是个清官，杜老刀就在刑部衙门里当差，干的差事就是处决犯人。

　　杜老刀出身于刽子手世家，虽说年龄已经五十开外，但还是神采奕奕，健步如风。杜老刀出名，一是因为死在他手下的犯人都是十恶不赦之人，二是因为他有一把祖传的特大钢刀，寒光闪闪，锋利无比。这钢刀究竟杀了多少恶人，没有人能说得清。

　　杜老刀有两个儿子，大儿子叫杜大虎，二儿子叫杜二虎。杜大虎虎背熊腰，力大无穷，是个接班的料，所以每次行刑，杜老刀都要带上杜大虎到京郊的刑场去看杀人，一是为练他的胆，二是让他学习行刑的技艺。

别看刽子手杀人是粗活,却也算五行八作的手艺人。既然是手艺,就有行规,有诀窍:刽子手杀人不仅要胆大,还要心细,一刀"喀嚓"下去,犯人的头要像切菜似的干净利落;要是一刀杀不死犯人,就是犯了行忌,刽子手不仅要断臂自残示众,而且永生不得再吃这碗饭。

这天,京城里又要处决一批犯人。一大早,杜大虎穿着一身簇新的红衣裳,随着行刑队伍来到郊外的刑场,连今天算上,杜大虎已经是第三次独立行刑了,从今往后,他也就要成为杜老刀真正的接班人了。

刑场上早已人山人海,全是看热闹的。不一会儿,十八个黑衣犯人从囚车上押解下来,十八个红衣刽子手也全部到位,一个个腰圆膀阔,脸上全蒙了红布,只露出两只眼睛。

死囚犯们被带到指定位置,堵上嘴巴后跪在地上。只有杜大虎面前的一个死囚例外,他被身后那个大个子士兵狠狠连踢了三脚,却依然站在那里纹丝不动,后来上去七八个士兵,才总算把他撂倒,让他跪在地上。

这个死囚犯外号"花蝴蝶",是个臭名远扬的"采花贼",平时奸淫掳掠无恶不作,更让人发指的是,他只要一见到略有姿色的姑娘、媳妇,就一律先奸后杀,手段极其残忍。官府发榜文通缉了他三年,才将他缉拿归案。今天,监斩官有意将花蝴蝶安排在杜大虎的面前,就是想让这恶棍死在杜家钢刀之下。

三声追魂炮响过后,监斩官大喊一声:"行刑!"监斩官话音未落,杜大虎便刀借人力、人借刀威,他手里的钢刀如闪电一般向花蝴蝶的脖子劈去。

但是意想不到的事情出现了:杜大虎的钢刀剁在花蝴蝶的脖子上,竟就像剁在钢板上一样,只听"乒"的响了一声,许是杜大虎使的力气太大,钢刀竟挣脱他的手飞出三丈开外。杜大虎看看花蝴蝶的脖子,仅被刀砍出一道红印。他惊呆了!整个刑场,除了花蝴蝶自己,所有的人全都惊得目瞪口呆。

花蝴蝶扭过头,朝杜大虎"嘿嘿"冷笑两声:"小子,你杀不了我!"

花蝴蝶的冷笑惊醒了杜大虎,也惊醒了刑场上围观的人们。有人就把对花蝴蝶的愤怒转到杜大虎头上:"杜大虎,你他妈的逞什么能?你愧对杜家钢刀,愧对天下百姓!"

杜大虎望望吼他的人们,默默地走过去拾起钢刀,突然"啊"地一声大叫,原来他右手挥刀,把自己的左臂砍了下来,鲜血立刻洒了一地。面对到刑场上来围观的百姓,杜大虎重重地跪倒在了地上……

行刑时辰已过,按规矩,花蝴蝶过了这一次刑期,再处决就要等到明年秋天。

第二年秋天,花蝴蝶又被押上了行刑台,因为这次是杜老刀亲自操刀,来围观的人更是里三层、外三层。

不过这次杜老刀一直等到第二声追魂炮响过之后,才走上行刑台。站在近处的人们注意到,杜老刀的腮帮子鼓鼓的,像是含着什么东西。

第三声追魂炮响过之后,监斩官扯着嗓子喊道:"行刑!"

别的刽子手都纷纷手起刀落,可杜老刀却没有立即动手。只见他提起钢刀,轻轻拭了拭,突然一低头,张开大口,对着花蝴蝶的脖子喷出了一股带着冰碴的水。那冰水落在花蝴蝶的脖子上,"哧"地立刻升起一团白雾,就在这时,杜老刀大喝一声,双手举起钢刀就朝花蝴蝶的脖子砍去。

但是谁也没有料到,经验老到而且从没失过手的杜老刀这回栽了:锋利的杜家钢刀落在花蝴蝶的脖子上,立刻被反弹了回来。人群中发出一片惊讶声。杜老刀脸色煞白,他当了几十年的刽子手,从来都是一刀定局。看来,这个花蝴蝶的功夫实在了得!

杜老刀的父亲也是当刽子手的,杜老刀小的时候曾听父亲说过:刽子手最怕遇到有奇功的死囚,一旦这个死囚将全身的气运到脖子上,就会刀枪不入。杜大虎上次失利,杜老刀就认定花蝴蝶身怀奇功,所以今天他特地找来冰块,在第一声追魂炮响过后,含了一些在口中,等行刑时用冰水来破花蝴蝶的功夫,可没想到还是失利了。为了维护杜家刽子手世家的荣誉,杜老刀一咬牙,举起钢刀也砍下了自己的一条手臂。

其实,杜老刀猜得没错,花蝴蝶确实有奇功护体,那是一位高人传给他的。去年行刑时,操刀的是杜大虎,他逃过一劫,他料到今年行刑操刀的一定会是经验丰富的杜老刀,所以这一年来他在监狱里加紧练功,终于今天又逃过一劫。花蝴蝶扭过头来,对杜老刀"嘿嘿"一阵冷笑:"杜老刀,你这招如果在去年用上,我命早休矣。可你怎么今年才来?哈哈,晚啦!"

杜老刀实在忍不下这口气,沉着脸回到家里,跪在祖宗灵位前哭喊着:"我愧对祖宗,我愧对杜家钢刀啊!"他悲凄地喊着,一头磕在地上,再抬头时已是血流满面……

转眼到了第三年秋天,眼看离执行刑期只有几天了。

这时,杜二虎已长大成人,他走到娘身边,说:"娘,为了爹和大哥,为了杜家钢刀,我要去请斩花蝴蝶。"

杜老刀的妻子看着在祖宗灵位前长跪不起的丈夫和大儿子,拍拍二虎的肩膀说:"儿啊,你一定要对得起杜家钢刀。去吧,娘有事出门几天,你尽管去请斩花蝴蝶。"

处决那天,花蝴蝶又一次被押上了行刑台。按规矩,今年如果还杀不死他,他就会被当场释放。那花蝴蝶连续逃过两劫,在监狱里又练了一年功,他看到今天站在身后行刑的刽子手竟是个毛头小后生,便得意地哈哈大笑起来。

花蝴蝶的笑声惹恼了在场所有人,"杀死花蝴蝶"、"为民除害"的呼声,浪起潮涌。

三声追魂炮响过之后,监斩官大声喊道:"时辰已到,行刑!"

整个刑场一片寂静。

第三次受刑,花蝴蝶当然也不敢马虎大意,他早已将气运到脖颈之上。

那杜二虎呢,也早铆足了气力,他见花蝴蝶浑身肌肉抖动,脖子和脑袋通红,知道这小子又在运功。杜二虎心里思忖着,举着钢刀迟迟没有下手。

就在这时,人群中突然传出一声妇人的尖叫:"麟儿!"花蝴蝶脸色顿时变了。为啥,这是他娘的声音!花蝴蝶顺着声音抬眼望去,只见人群中挤出一位头发凌乱的老妇人,老妇人步子急,一个跟头栽在地上,又一声凄厉的"麟儿"传入花蝴蝶的耳朵。"麟儿"是花蝴蝶的乳名,娘在叫他啊!

花蝴蝶下意识地回应了一声:"娘——"

他这声"娘"未落音,杜二虎举起手里的钢刀砍了下来,花蝴蝶的脑袋顿时滚落到地上……

原来,事情是这样的:杜老刀的妻子几天前出门,就是去找花蝴蝶的娘。杜妻对花蝴蝶娘说,她儿子在外面奸淫掳掠,无恶不作,无论如何请她大义灭亲,为天下百姓除害。花蝴蝶的娘听后眼泪汪汪地说:"你也是做母亲之人,儿子纵有万般不是,可他是娘身上的肉,我哪能去刑场害我的麟儿呀?"后来在杜老刀妻子百般劝说之下,老人家终于答应了,于是就发生了此刻刑场上这一幕。

花蝴蝶死了,花蝴蝶的娘急火攻心,吐出一大口鲜血之后,也当场死在了刑场上。据说,在老人家出殡那天,为她披麻戴孝的是杜家老二杜二虎。

从此,京城的刑场上,再也不见了杜家钢刀……

(王有兵)

(题图:黄全昌)

白家大院

　　早先，辽西北镇有个白家大院，大院的主人白老爷这天做五十大寿，亲朋好友聚于一堂。

　　众人正谈笑间，忽见白老爷头一扭，一道寒光闪过，一枚雪亮的柳叶镖被他夹在了手里。众人吃了一惊，还没回过神来，白老爷随手就将这把柳叶镖往厅角暗处一掷，只听"哎呀"一声，那里突然闪出个人来，用手捂着肩头，"噌"地就从窗子里跳了出去。

　　"有刺客!"众人纷纷叫起来，伙计们立刻追了上去。

　　白老爷"嘿嘿"一声冷笑，身子岿然不动，但细心的宾客发现，他的眉宇间却流露出一丝不易被人察觉的忧郁。

　　后来，事情过去了一个星期，白家大院里再没见有什么动静。不过白老爷从此就轻易不出门了,外面什么事都让管家去操持。

这天,白老爷在家里品茶,来了一个媒婆子,说是要给白家少爷白俊明说亲。可俊明一听就摇头,白老爷猜测儿子一定是有了心上人,打发走了媒婆之后问他,俊明也不隐瞒,说他其实已经相中了城西新开的一家绸缎庄掌柜的女儿,她叫林瑞娟,是在一次朋友的诗会上认识的。

白老爷当时没有言语,第二天就吩咐管家去打听。

管家回来禀报说:"老爷,问清楚了,那家绸缎庄确实是新开的。掌柜姓林,都说人挺不错,尤其是他女儿林瑞娟,知书达理,琴棋书画无所不通,长得又仪态端庄,是百里挑一的美人儿。"

白老爷想了想,把俊明叫来,说:"既然是你自己看中的人,爹也不反对。不过爹的意思,你不一定马上就急着把她娶进门,不如先让她来家里玩玩,熟悉了,事情自然也就成了。如何?"

俊明原先还有点担心爹会反对自己自说自话找媳妇,现在看爹这个态度,就高兴地说:"爹这么为我操心,儿明天就把瑞娟带来,让爹也看看。"第二天,俊明真就把瑞娟给带到家里来了。

白老爷一看,这姑娘说话得体,举止大方,不由"呵呵"笑着,拿出一个红绸包来,说:"姑娘,俊明是我的儿子,既然他看中了你,你以后就是我们白家的人了,这个东西,就算是我们白家给你的见面礼吧!"说着,他把手里的红绸包递了过去。

瑞娟顿时羞得满脸通红,接过红绸包,连声道谢。俊明没想到爹会特地为瑞娟准备礼物,兴奋得当场就叫瑞娟打开。

瑞娟打开一看,红绸包里裹着的,竟是一对玉石耳坠,瑞娟捧在手里,非常惊异。

白老爷问:"姑娘,喜欢吗?"

瑞娟轻轻一笑,说:"喜欢。只是让您送这么贵重的礼物,实在……"

白老爷开心得哈哈大笑："喜欢就好,喜欢就好啊!"

当晚,俊明送走了瑞娟,走进白老爷的房里,说:"爹,我看明天天气肯定不错,你已经多日不出门了,我和瑞娟明天陪你出去走走,散散心,如何?"

白老爷打量了儿子一眼,说:"这恐怕是瑞娟出的主意吧?"

俊明不好意思地点点头,说:"是啊,瑞娟不让我说。瑞娟的意思是,爹送了这么贵重的礼物给她,她想有机会可以好好谢谢爹。"

白老爷很爽快地答应说:"好啊,多亏她想得周到,那我们明天就去。我看城东风景不错,我们去那儿!"

第二天上午吃了早饭,白家一行人就坐上轿子,由伙计们抬着出了门。

来到城东头,人到轿落,可就在这时,只听白老爷轿里突然传出一声惨叫,伙计们赶紧掀开轿帘,一看,里面坐的竟然不是白老爷,而是一个穿戴着白老爷衣帽的伙计,胸口中了一枚柳叶镖,只挣扎了几下就咽了气。伙计们大惊失色:"白老爷呢?"

慌乱间,就见凌空跃起一个伙计,"呼"地直朝旁边的一片林子扑去。果然那里躲着个蒙面人,蒙面人看藏不住了,就从林子里闪身出来,和这个扑过来的伙计过起招来。

他们两个人你一招、我一式地较量着,这可急坏了白家少爷白俊明。俊明听到动静从轿里钻出来,一时半会儿也搞不清楚是怎么回事,只觉得那个正在不断使招的伙计脸面很熟,再一看,不由惊叫起来:"这不是爹吗?"

那么这个蒙面人是谁? 他为什么要对爹下毒手呢? 俊明不由想起爹做五十大寿那天有人行刺的事,用的也是柳叶镖,难道这都是一人所为? 俊明立刻意识到爹其实对今天的较量早有防备,他心想:难道今天出行本身就是一个圈套? 那么瑞娟呢? 瑞娟在这场较量中是什么角色? 他抬腿就向瑞娟的轿子走去,可谁知瑞娟就在这时"呼"地从轿里飞出来,直向白老爷身上扑去。俊明大叫一声"不好",赶紧向伙计们招手。

俊明和这些伙计平时都是白老爷亲手调教过的,所以和白老爷配合非常默契,没几个回合,他们就用"鱼网阵"把蒙面人和瑞娟擒获在手。谁也没有想到,那个蒙面人居然就是瑞娟的爹,也就是城西那家新开的绸缎庄的林掌柜。

不过此刻,白老爷却喊林掌柜"孔杰":"孔杰,这回你还有什么说的?"白老爷朝他轻蔑一笑,"我与你无冤无仇,你为什么两次要杀我?"

只见孔杰脖子一挺,说:"受人钱财,与人消灾。事到如今,我也没什么好说的,要杀要剐,随你便!"

白老爷点点头:"我佩服你是条汉子!可是你知道事情的真相吗?"

"真相?什么真相?"孔杰一愣,眨着眼睛喃喃道。

白老爷瞥了他一眼,走到瑞娟面前,说:"姑娘,我知道你其实不姓林,难得你一片孝心,雇了孔杰来为父母报仇。可是,你知道我当初为什么要杀你全家吗?"

瑞娟恼怒地瞪了白老爷一眼,这神态,和她昨天在白家时简直判若两人。

白老爷张了张嘴,正要开口说什么,突然,就见瑞娟"扑通"跪在了地上,朝天哭喊道:"爹,娘,女儿无能,没能为你们报仇,女儿只能以死告慰你们的在天之灵了!"说罢,她纵身向旁边一块巨石撞去。

说时迟、那时快,白老爷一把把她拽住:"柳白凤,你这是何苦呢?"

柳白凤?原来,瑞娟就是隐姓埋名的柳家女儿柳白凤!三年前的一天,柳白凤的父母死在了白老爷的剑下。

当时柳白凤在亲戚家玩,而邻居的女孩子正好在她家,就被白老爷当作柳白凤一起误杀了。柳白凤掩埋了家人的尸体，为了怕白老爷日后知道真相再找自己麻烦，就也给自己埋了个空棺，棺内放上了自己的一对玉石耳坠。她发誓一定要替父母报仇，从此就拼命拜师学艺，可她终究功夫浅，哪能是白老爷的对手？于是就雇杀手孔杰帮忙。

没想孔杰第一回就失了手！在孔杰的授意下，柳白凤于是就在白家少爷俊明身上下功夫，想亲自进入白家伺机再下手。谁知第一次上门，一看白老爷给自己的见面礼，柳白凤就知道对方已经在怀疑自己了，这出戏不好唱。她脑子一转，于是就设法让俊明把白老爷引出来，打算再和孔杰一起收拾他。可到底是力不从心啊，第二回还是失了手。

眼看复仇无望，柳白凤眼里的泪水"哗哗"直流。

白老爷注视了柳白凤好长时间，最后仰天长叹了一声，说："柳白凤，当年，你父亲为得到我们家传的剑谱，杀了我父亲。杀父之仇岂能不报？所以我才杀了你们全家。可是我没想到那天会将你们邻家女孩当成你给错杀，后来看到写有你名字的墓碑，我非常吃惊，命人打开，意外地发现空棺里的这对耳坠，我才确认你真的还活在世上，就发誓无论如何一定要找到你。我把耳坠留在身边，目的就是要利用它来找你。俊明第一次把你带到家里来的时候，我有一种似曾相识的感觉，因为你长得极像你的母亲。为了试探你，我就将这对耳坠作为礼物送给你，尽管你当时掩饰得非常得体，可我还是从你的脸上看出了破绽……不过，现在我已经想明白了，这么冤冤相报，何时是个头啊？我到此收手，今后我这条命也归了你，你如果想要，随时都可以拿去。"

白老爷吩咐家人放了孔杰和柳白凤，随后带着俊明坐上轿子，伙计们抬着，朝来的路上缓缓而去……

（叶雪松）

（题图：黄全昌）

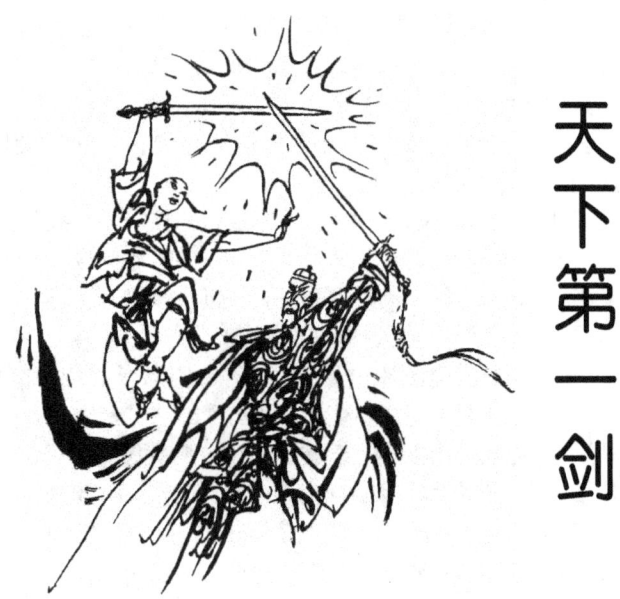

天下第一剑

　　当年雍正的保镖,就是号称"天下第一剑客"的马凤池,此人武艺超群,剑术精湛,一般刺客在他手里过不了七八招便一命呜呼。不过马凤池剑术虽厉害,为人却心胸狭窄。

　　雍正晚年时候,有一天,马凤池告假外出。路上,他经过一个小山村,不由想起自己年轻时曾在这里结识过一个名叫秀兰的姑娘,两人一见钟情,很快就私定终身。但当时马家是名门大户,怎容得一个山野村姑成为自己儿媳呢?于是竟狠心将当时已身怀六甲的秀兰赶走,同时把马凤池送往天山练剑,以阻隔他们往来。不久,马凤池便听说秀兰难产而亡。如今旧地重游,马凤池触景生情,十分伤感。

　　马凤池留恋此地久久不肯离去,见天色已晚,便走到一家茅屋前，叩门借宿。"吱呀"一声门开了，走出一个俊秀的青年。那青年十分热情，可眼睛却一刻也不离开马凤池身上佩着的那柄镂金镶玉的龙泉宝剑，最后还忍不住要借剑一看。

剑是剑客的生命，马凤池心中自然不悦："你也懂剑？"

"是的。"青年点点头，"打小俺娘就对俺说，要好好练剑，将来要成为天下第一。"

马凤池听他这一说，心中不觉好笑：真是孩子话！我马凤池不知练了多少个寒暑，经历了多少次生死之战，才有今天。你一个黄毛小子，真是不知天高地厚！他冷冷道："既如此，你耍两下我看看，耍得像个样子，便借剑你看，如何？"

青年一听大喜，立刻跑进屋内，捧出一柄乌黑的剑，那剑其貌不扬，但剑身黯黑发青，马凤池一眼就看出它是把名剑。那青年朝马凤池一抱拳，当下横剑于胸，聚气凝神，缓缓一招递出。

几招过后，马凤池看得心惊肉跳：这小子的身手和剑术与名家相比，竟毫不逊色，若非天才，定用非凡的毅力苦练而成。照此下去，不出五年，他的剑术定然超过自己。恐怕到那时，天下第一的名声就不是我马凤池的了。想到这里，马凤池不由动了杀心。

马凤池装出一副笑脸，对那青年说："好，有几分功力！可惜招式过于拘泥，不是大家风范。"

青年以为遇上高人了，朝马凤池纳头便拜："愿先生赐教！"

马凤池笑道："老朽也不敢妄称精通。你我对练一番如何？"

青年当然求之不得，他涉世尚浅，哪里知道江湖的凶险，两个人于是就对练起来。

只见几招过后，马凤池突然使出一招"青龙出潭"，剑尖直抵那青年的胸口，青年刚想弃剑下拜，谁知马凤池掌中吐力，三尺青锋直插青年的心口。青年顿时傻了眼，瞪大了双眼，怎么也不相信眼前这个看似慈祥的老头会对自己下毒手。

这时候,马凤池收起了手中的剑,阴沉着脸对青年说:"不杀你,难保我一世英名。你就到阎王爷那儿告我去吧!"

青年口吐鲜血,惨笑道:"你杀了俺没关系,俺娘一定会找到俺爹给俺报仇的!"

"咦?"马凤池心想:莫非这小子的爹剑术还要高强?"你爹是谁?"

青年用尽最后的力气叫道:"天下……第一剑客……马……马凤池。"说罢,咽了最后一口气。

"什么?"马凤池怔住了。他抱起青年一看,这才发现青年的脸形跟自己年轻时非常相像。再细看,青年脖子上挂着的一块玉坠,上面刻着个"马"字。马凤池顿时如五雷轰顶:这不正是当年自己送给秀兰的信物吗?

原来,这个青年就是当年被马家遗弃的儿媳秀兰的儿子,也就是他马凤池的亲生骨肉,以前所谓"秀兰难产而死",其实只是个误传。秀兰吃尽苦、受尽累地把儿子拉扯大,要他练剑,为的就是有朝一日能得到马家的承认。

就在这时,从里屋传来一个女人的声音:"剑儿,快来看娘从城里买什么给你啦!"女人一边说,一边从里屋走了出来,一看见屋门口血淋淋的惨景,惊呆了。

她发疯般的扑过去,抱起儿子号啕大哭:"剑儿,剑儿,你醒醒,你快醒醒!"

她悲愤地扑向马凤池喊道:"我跟你拼了!"

可几乎就在这时,她突然看清了马凤池那张惨白的脸,一下子跌倒在地,"你?是你?他是你亲生儿子呀!"

马凤池再也忍不住了,狂吼一声,将手中的龙泉剑一折为二,抛于荒野。从此,他离开雍正,不知去了何方……

(马治强)

(题图:黄全昌)

杜家寨的枪声

太阳偏西的时候，号称"大侠"的黑七爬过了虎口山最后一道山梁，眼前的情景立刻变得十分熟悉，在青纱帐的远处，似乎已经能够看到杜家寨的影子了。黑七心里一阵狂跳，双手握紧腰间两支锃亮的驳壳枪，忍不住朝天大吼一声："回来了！杜仁忠，我回来了！"

整整十二年，复仇的火焰每时每刻都在黑七的胸中燃烧。

黑七原来不叫黑七，叫金山。

十二年前，杜家寨头号大财主杜仁忠为了霸占金山家四亩三分地，竟买通无赖黄四狗，在一个月黑风高的夜晚装扮成劫匪，杀死了金山的父亲刘春贵。随后，杜仁忠又假惺惺地把金山兄妹俩接到家里，说是要替他们的父亲抚养他们。那一年，金山十五岁,金山的妹妹金花才九岁,兄妹俩无依无靠,他们把杜仁忠当成了恩人。

然而,世上没有不透风的墙,那天黄四狗喝醉酒,在街上吐出了真情。金山知道了事情真相后,哪能咽得下这口气?他不顾自己身单力薄,偷偷打了一把尖刀,在一个漆黑的夜晚,一刀捅了黄四狗,又一把火把杜家的羊棚烧掉了。当他沿着羊肠小道爬过山梁逃跑的时候,在山上还能看到杜家寨的火光。此刻,金山心里十分担心妹妹金花,可是他不敢去找她。

这十二年来,金山要过饭,给人家打过工,吃了说不完的苦,但是复仇的怒火在他胸中一刻也不曾熄灭,他永远忘不了父亲临死前满脸是血、怒目圆睁的样子。二十一岁那年,金山投奔一个土军阀的部队,后来受不了排长非人的虐待,他偷了杆枪跑了。不久之后,他又去投奔名震一方的土匪黑老虎的队伍,因为当过兵,枪法准,所以被破格坐上了第七把交椅,"黑七"就是这么叫出来的。

但谁知黑老虎的队伍有一次在混战中被地方保安旅打垮,几乎全军覆没,黑七总算大难不死,从此他就拖了两把枪自立山头,独来独往,杀富济贫,几年下来,名声倒也不在当年黑老虎之下……

黑七正沉浸在往事的回忆中,突然"砰砰"两声枪响震醒了他。他抬头向山下一看,发现在通往山顶的羊肠小道上,有一个精瘦的汉子正奋力跑着,后面七八个日本兵和十多个伪军号叫着紧追不舍。

"他奶奶的!"黑七骂了一句,把身子往树后一藏,抬起手来左右开弓,只听"砰砰"两枪,追在前面的两个日本兵立刻"扑通"一声栽倒在地上,后面那些剩下的全都大吃一惊,"呼啦"一声全趴在地上,向山顶乱放枪。

一转眼的工夫,那精瘦汉子已经跑到了黑七跟前。黑七朝他一打量,眼睛不大,皮肤白皙,穿一件青色对襟褂子,看上去十分面善,黑七觉得自己好像在哪儿见过他。

那汉子向黑七拱拱手,说:"多谢壮士相救,请问壮士尊姓大名?"

"我叫黑七。"黑七答道。

"你就是黑七?"汉子吃惊地望着眼前这个黑塔般的大汉,又瞥了一眼黑子手里的双枪,"原来你就是大名鼎鼎的黑七侠,怪不得有这么好的枪法!"汉子说着又自我介绍道,"我叫杜飞,杜家寨人。今天多谢黑七侠相助,无奈我现在有急事要办,咱们后会有期!"说完,他再次朝黑七拱拱手,然后拔腿就飞快地越过山顶而去。

这时候,山道上的那几个日本兵和伪军因为吃不准情况,只得胡乱朝山顶开枪,后来又见天色渐黑,不敢恋战,便抬着那两个被打死的日本兵回去了。

"他奶奶的!"黑七嘀咕着又骂了一声,"要不是老子有事,今个给你们全开了瓢!"骂完,他把双枪往腰里一插,便向杜家寨走去。

虽说过了十多年,可村里的变化并不大,黑七径直摸到刘五叔家,那刘五叔可是个憨厚正直的汉子。

黑七跃进刘五叔的院墙,推了推门,没推动;用手轻轻敲了敲,也没见动静;再用力敲敲,依然没有声音。"五叔不在家?"黑七不免有些失望。

他正要走,这时从屋内传出一个沙哑的声音:"谁呀?"

"是我!"黑七一阵惊喜,嘴贴在窗户上,轻轻喊着,"是我,五叔,我是金山呀!"

"金山?哪个金山?"

"五叔,我是刘春贵的儿子,刘金山啊!"

"啊,金山?金山,你还活着?"

屋里一阵"窸窸窣窣"声，接着灯亮了，门开了，黑七一步进了屋。

灯光下，黑七简直认不出他眼前的刘五叔来了，刘五叔已经成了一个面容憔悴的老人。

黑七开口问道："五叔，我五婶呢？"

"死了。"刘五叔淡淡地回答，显然，他已经流干了眼泪。

看着黑七有点鼓凸的腰，刘五叔知道那里一定别着"家伙"。他试探着问："你……现在是吃了'皇粮'还是干了……"他用手比划了一个"八"字。

"都不是，"黑七实话实说，"我独来独往，专干月黑风高的事儿。"

"你干上土匪了？"刘五叔一愣，立刻正色道，"金山，我对你说，现在兵荒马乱的年月，不管干什么，你可都不能糟蹋老百姓。"

"我知道，"黑七点点头，他问刘五叔，"那个姓杜的还在杜家大院？我回来就是要亲手宰了他！"

刘五叔似乎并不激动，看了黑七一眼，淡淡地说："他已经死了。"

"什么？"黑七吃惊地瞪大了眼睛，"那我妹妹金花呢？"

"她嫁给杜仁忠的儿子杜飞了。"刘五叔依然淡淡地回答黑七。

黑七只觉得脑袋"嗡"地一下放大了，他怎么也无法接受妹妹嫁给仇人的儿子这个事实。

刘五叔点上一锅烟，慢慢给黑七说开了事情的缘由。

十二年前那个夜晚，黄四狗被黑七捅了一刀，可不想这小子命大，竟然没死，只是腿有些瘸，伤好之后，常在暗地里干些偷鸡摸狗的勾当。

再说黑七当年那把火烧了杜仁忠的羊棚，烧死了他家四五十只羊,杜仁忠心疼得一连在床上躺了好几天。杜仁忠的小气抠门平时是出了名的,有人曾经给他编过顺口溜,说"杜仁忠,杜仁忠,牛羊满圈谷烂仓;绫罗绸缎叫花装,过年吃顿红高粱"。杜仁忠躺在床上咒天咒地地发誓,一定要抓住金山,将他千刀万剐。

不过,杜仁忠对金花倒没多大为难她,待金花长到十八岁时,杜仁忠就主动让儿子杜飞娶了金花。原来他早算计好了,儿子娶金花,不用向外掏一分聘礼钱。

就在金花和杜飞结婚不久,日本人打过来了,黄四狗这个有奶就是娘的家伙于是就打着膏药旗投奔了日本鬼子,他把他那伙无赖兄弟组织起来,二十多个人,二十多杆枪,他自己当中队长,整天在村子里干坏事,无恶不作。

后来,黄四狗仗着日本人的威风,把脑筋动到了杜仁忠身上。他说杜仁忠欠过他八块大洋,他曾经找杜仁忠要过,可是却让杜仁忠指使手下人把他一顿好打。于是他撺掇日本人到杜家去征粮征饷,今天来,明天去,很快就把杜家的万贯家财抢了个干净,杜家老夫妻连惊带吓,终于双双离开人世。后来,据说杜飞参加了抗日游击队,和日本鬼子和黄四狗那帮汉奸干上了,金花去年生完孩子后怕黄四狗骚扰,不敢住杜家大院,搬到寨子东头的两间草房子里去了。

听完刘五叔的讲述,黑七遗憾地朝空中直晃拳头,恨恨地说:"哼,杜仁忠,算你死得早!不过,那个黄四狗我还得找他算账!"

他从兜里掏出十多块大洋,往桌上一放,对刘五叔说:"五叔,我去看一下金花。"

"金山,"刘五叔叫住黑七,把桌上的大洋收起来,塞回黑七手里,"金山,你五叔虽穷……"

"你嫌它脏?"黑七朝刘五叔冷冷笑了一下,说,"它本就是你们的血汗钱,被老财搜刮了去,我不过是把它拿回来罢了。"黑七说完,重新把大洋放到桌子上。

刘五叔沉吟了一下,说:"那好,我领你去金花那儿。现在兵荒马乱的时候,要不是熟人,晚上谁也不敢开门。"

夜,黑漆漆的,黑七跟着刘五叔直向村东头走去。来到金花屋门前,刘五叔替黑七叫开了门,说:"你们兄妹聊着,我到村头给你们看着点。"

十二年,整整十二年,亲人终于相聚,兄妹俩久久对视着,从对方的容貌中寻找孩童时候的影子。

金花扑进黑七的怀里,哽咽着说:"哥,你还活着,我好想你啊!"

黑七也激动地搂着妹妹说:"哥回来晚了,哥让你受苦了。"

正说着,黑七突然推开妹妹喊了声:"有人!"他一个闪身躲到了门后面。

金花来不及吹灯,来人已经闪进屋内,急促地对金花说:"快,收拾收拾,鬼子就要来了,咱们⋯⋯"

来人刚说到这儿,黑七突然从门后跳出来,把枪往他腰上一顶,喝道:"不许动,举起手来!"

那来人是个汉子,一点没有反抗,很听话地就把手举了起来,可就在这时,他以为黑七也许不注意,忽然飞起左脚一个后踹。可黑七好像早防着他这招了,冷笑一声,侧身躲过,等那汉子脚落地时,黑七的枪已经对准了他的额头。

灯光下,黑七看清了汉子的模样,正是在虎口山顶见到的那个人,黑七顿时想起来了,他自报过家门,他叫杜飞。这么说,此人就是金花的男人,也就是杜仁忠的儿子了?

汉子此时也看清了黑七,吃惊地叫起来:"黑七?"

"你爹叫杜仁忠?"黑七厉声喝道,他一下子找到当时感到对方面善的原因,那是因为杜飞长得很像杜仁忠。

"是啊,我爹叫杜仁忠。"杜飞点了点头。

"他奶奶的,"黑七咬咬牙,"杜仁忠老贼害死了我爹,你这小杂种霸占了我妹妹,老子崩了你!"

金花这时才回过神来,抱住黑七的胳膊:"哥,不要这样,你听我说。"

"你可知道,他爹是我们的杀父仇人,他们欺骗了你整整十二年,今天正好是父债子还!"黑七的眼睛瞪圆了。

"那不关他的事呀,不关他的事,"金花哭了起来,挡在杜飞的身前,说道,"哥,我知道他爹害了咱爹,可……可这不关他的事呀!他也没有骗我,我们……我们是真心的!"

"真心的?"黑七咬紧了牙,从嘴角迸出了这句话,枪并没有放下。

杜飞明白了眼前的一切,他把金花轻轻推开,叫道:"金山哥!"

"住嘴!我不是你哥!"黑七吼道。

杜飞叹了口气,激动地说道:"十二年前,我爹他为了几亩地,害死了你爹,如果说父债子还,我认这份债。眼下,日本人打来了,国不是国,家不是家,我们都将成为亡国奴,我爹他吝啬抠门了一辈子,黑着心占来的财产,到头来还不是让日本鬼子给抢了去!金山哥,我不是怜惜我这颗脑袋,我是想把土地从日本鬼子手中夺过来,还给你们刘家,还给杜家寨的乡亲!等赶走了日本鬼子,消灭了黄四狗,金山哥,你随时可以取走我这颗人头!"

黑七感到自己有些头昏目眩,他嘴上很硬,但明显底气不足:"你想使缓兵计,我不吃你这一套!"

"哥!"金花哭泣着,孩子也惊醒了,哇哇大哭,这时猛听得刘五叔在村口大声喊:"日本鬼子来了,黄四狗来了!"接着是一阵枪响,随即便没了刘五叔的声音。

黑七一个急转身冲了出去,杜飞急忙抱起孩子塞到金花怀里："快向虎口山转移,我已经通知大家了,日本鬼子这次要血洗杜家寨!"说完,也提枪冲了出去。

黑七已经在村口和日伪军的先头部队交上了火。黑七的两支驳壳枪弹不虚发,弄得日伪军一时晕头转向,摸不清村子里有多少人在抵抗。

杜飞赶到黑七身边,两人一起向日伪军射击。日本兵架起迫击炮,炮弹呼啸着落在村里的茅草屋上,一时大火熊熊,映红了天空。一个公鸭嗓子在声嘶力竭地狂呼:"兄弟们,上啊,抓住八路军游击队,太君大大有赏!"杜飞对黑七说:"金山哥,这小子就是黄四狗!"黑七没有吭声,继续向逼近的日本兵射击。

黑七和杜飞尽管骁勇,但毕竟寡不敌众,经过一阵相持,日伪军很快展开队形,从四面八方包抄过来。杜飞的枪没了子弹,他拉住黑七劝道:"君子报仇十年不晚,金山哥,我们走!"黑七却暴跳如雷,吼道:"放屁!老子都等了十二年,要走你给我滚!"他已经杀红了眼。

日伪军越逼越近,很快,黑七的子弹也打光了,这时,一颗子弹击中了黑七的左胳膊,血流了下来,杜飞不顾黑七的叫喊,拉着他向后撤退,刚跑到杜家大院前,杜飞身子一晃,摔倒在地,血从他右胸口涌出,流了一地。黑七一用力把他从地上拖了起来,叫道:"他奶奶的,你不能死,你还有金花和孩子。"黑七架起杜飞跑到杜家大院围墙前,颇具气势的杜家老屋已成了一片火海。火光中,杜飞的脸更加苍白,他喘息着说:"金山哥,我们杜家对不起你们刘家,你快走,替我照顾好金花和孩子,赶走日本人,杀死黄四狗,报仇!""放屁,我们一起走!"黑七骂道,心里直恨自己太莽撞,杜飞真要死了,金花母岂不成了孤儿寡母?黑七一弯腰,把杜飞扛了起来,刚要跑,可是已经晚了,几支黑洞洞的枪口挡住了他的去路。

"嘿嘿嘿……"一个头戴礼帽、斜挎驳壳枪的家伙一瘸一拐地走了过来,他正是黄四狗,身旁站着日本鬼子小队长。"杜飞,你老子死在我手上,你也敢和我斗?"黄四狗得意地笑着,转了转眼珠,盯着黑七骂道,"你这黑王八,叫什么名字? 什么的干活?"

黑七把杜飞放下,扶他站稳了,冷笑道:"爷爷行不改名、坐不改姓,老子就是大名鼎鼎的黑七刘金山!"

"黑七? 刘金山? 原来是你呀,哼,你害得老子瘸了一条腿,今个也让你尝尝瘸腿的滋味。"黄四狗一伸手,朝着黑七的左腿就是一枪,黑七站立不住,"扑通"一声倒下,杜飞也重重摔倒在地上。黑七咬着牙,扶着墙,用一条腿支撑着,慢慢地站了起来,轻蔑地看着黄四狗。"好,有种!"黄四狗狞笑着,又举起了枪。

"慢着!"鬼子小队长喝道,他突然觉得一枪打死这个黑汉子并不能解恨,他要用拳头羞辱他,从精神上征服他。鬼子小队长摘下手套,交给黄四狗,向黑七一步一步踱了过去。

猛然间,倒在地上的杜飞突然抱住了鬼子小队长的双脚,鬼子小队长向前一个踉跄,正好撞在黑七的怀里,"他奶奶的!"黑七张开大手狠狠掐住了鬼子小队长的脖子,三个人滚在了一起。黄四狗和日伪兵被眼前的突变惊呆了,好半天才回过神来,黄四狗急忙上前扳黑七的手,五六个日伪军也慌忙上前,按杜飞的按杜飞,拖黑七的拖黑七。借着这个机会,黑七突然松开了手,从腰间摸出一枚手雷,猛地拉开了保险:"哈哈,尝尝爷爷的西瓜!"

"轰"一声巨响,升起一团火焰,震撼了虎口山,映红了杜家寨!

(于永军)

(题图:张恩卫)

巾帼佳人

江湖中时而疾风骤雨,时而暗潮汹涌,却总有那么些巾帼佳人,给这险恶江湖平添了几分柔情。

小妾

济南府有个富户，主人姓张名敬禹，三十岁年纪。

这张敬禹虽然家财百万，却一不去茶楼酒肆挥霍，二不到花街柳巷销魂，专爱习武读书，交朋会友，他的文章和武功在方圆几百里都很有名气，提起张员外，没有人不竖大拇指的。

这一年清明节快到了，张敬禹突然想起去年妻子邬氏生病时，自己许下一个到崂山进香的愿还没还呢，于是便跟夫人打了招呼，备足银两，带上一名老仆去了崂山，在上清宫还完愿，他就带了老仆就地观赏崂山的好景色。

主仆两个玩兴正浓时，忽然传来一阵嘈杂声，一堆人正围着在瞧什么热闹。张敬禹走过去一看，只见圈里跪着一个年轻女子，蓬头垢面，衣衫褴褛，身戴重孝，鬓插草标，正在自卖自身。

小女子身边纠缠着三个游客打扮的男人,正动手动脚地要调戏她,小女子又羞又怕,连喊"救命"。

这时候,只听圈外一声断喝:"青天白日,仙山圣地,何人敢此撒野?"

可这话刚落音,三个家伙中的一个抬腿踩住一块大石头,咬牙切齿道:"哪个小子阳寿尽了,竟敢管老子的闲事?"说罢,脚下一用力,那大石头竟然半截被踩进了土里。

这样功夫的人谁敢惹啊?那说话的立刻吓得没了声音。

可是张敬禹眼看着小女子受辱,心里实有不忍,于是牙一咬,答了声:"是我喊的。"他分开众人,挤进了圈子。

张敬禹问小女子:"你这妹子,为何自卖自身,又怎么得罪了他们?"

小女子哭了:"奴家哪里敢招惹他们呀?奴家爹爹客死他乡,可奴家实在无钱给爹爹下葬。爹爹生我养我一场,我怎么也得给他买副棺材。如果哪位好心人帮奴家安葬爹爹,他以后就是奴家的主人,为婢为妾,奴家唯命是从。"

张敬禹抬头望了一眼那三个混账家伙,不禁叹息道:"妹子小小年纪就这么孝顺,真让我们男人脸红呢!来,我与你出钱,把棺材买了。大家散去吧!"

谁知张敬禹话音刚落,那三个家伙中的一个上来劈手抓住张敬禹的肩就骂:"何方来的野驴,算你有钱呀?"说罢,使劲一推一搡。

任是谁,吃他那么大的蛮力,不被推搡得前仰后倒,也得揪下一块肉来,可谁知张敬禹竟然如同生了根一般站在那里,纹丝不动。

众人不由齐声喝彩,那三个家伙慌了神。

张敬禹说:"我是来进香还愿的,不宜杀生,你们快逃命去吧,省得一会儿我改了主意。"

三个家伙哪里还有话说,屁滚尿流地立刻挤出人堆溜了。

张敬禹吓跑了那几个家伙,低头见那小女子跪在地上直给他叩头,连忙把她扶起,问她:"妹子不必如此,你且说说还需多少银两?"

小女子说:"二两银子足够了。"

张敬禹道:"难得你一片孝心,我不帮你,天不容我。这里有一锭银子,是五十两,你好生葬父,余下的做嫁妆,寻个可心的人儿,安心过日子去吧!"

小女子一听,再三朝张敬禹叩拜,哭着说:"请恩公好事做到底吧!小女子孤身在外,又惹着了那几个歹人,怎么办得了事?"

张敬禹一听,点头道:"妹子说得也是!"

他转头对相随的老仆说:"也罢,那我们就晚回去几天吧!"他让老仆帮小女子买来棺材,一起把小女子的爹爹下葬了。

这小女子姓蔺,名玉兰,年方十六,打小死了娘,跟随爹爹长大。如今爹爹没了,她依靠谁去?经不住小女子再三恳求,张敬禹心想:看来这小女子人错不了,恰好妻子邬氏不会生育,我不如就纳她为妾,患难之交,她不会对自己生二心的。

主意一定,张敬禹于是就对玉兰说:"也罢,你就先跟我回去,我同大娘商量了再定。"

张敬禹回家后,跟邬氏说了此事。旧时,有钱人纳妾天经地义,邬氏没得说,只好答应,不过说定待玉兰孝满一年,方可跟张敬禹圆房。

过去子女守孝,为表示哀伤,是头不梳、脸不洗的。玉兰当初蓬头垢面,哪个也没留心她生的是啥样子,可待到孝满一年,她沐浴过后,换上邬氏为她备下的衣裙,来给邬氏磕头时,张敬禹夫妇都惊呆了:这妹子简直是天仙一般的美貌!

邬氏心里不禁暗暗叫苦:男人都喜新厌旧,出了这么一个狐狸精,往后的日子可不好过了。

而张敬禹呢,娶了这么漂亮的小妾,他心里自然十分高兴,终日里厮守着玉兰不肯离去。而玉兰却十分贤惠,常常劝张敬禹说:"官人应当多温存一些大娘,这样,奴家也好做人。还有,官人一身好功夫,江湖上不可能不得罪同行,练功懈怠不得呀。"

张敬禹没想到玉兰小小年纪竟然如此有见识,心里不由对她更加疼爱。

再说邬氏,当初答应张敬禹纳了玉兰,事后天天看着这场景,真是一天悔似一天,于是就变着法子在玉兰面前拿架子,连自己的尿盆也要玉兰去倒。两年后,玉兰生下一个儿子,虽然管邬氏叫"娘",管玉兰叫"姨",可邬氏心里怎么想怎么别扭,整日里就更加没给玉兰好脸色。

张敬禹觉得邬氏这样待玉兰太过分,自然就越发冷落她。

这天,张敬禹正在院子里练功,突然大门不敲自开,昂首阔步进来四个大汉,进门就大吵大闹,要会会张敬禹。

张敬禹见他们能自说自话推开他家的梨木大门,就知道这几个人身上功夫不浅,心里不由暗暗称奇,加了一份小心。他对来人拱拱手,说:"各位师傅,张某练武,花拳绣腿,在江湖上混的不过是虚名儿。区区济南府,多大个地盘,也敢跟高人过招?咱们交个朋友如何?"

他又吩咐丫环:"告诉厨下,贵客临门,速备酒席……"

可是他话没说完,四人中的一个就朝他喝了声:"慢!"左膀一耸,那丫环身子竟被定在那里,动弹不得。

来人朝张敬禹道:"我们不吃这一套。今天这武,你比也得比,不比也得比。上回崂山算你神气,不过听说你新娶了个小娘子,很有些模样,不如今儿交出来大家消受消受?那样咱们就两不欠了!"

这番话,气得张敬禹怒目圆睁:原来这四个人与上回崂山那三个混账是一伙的!

　　张敬禹平时为人谦恭,其实武艺相当不错,他哪里忍得这口气?当下就动了手。不大工夫,那四个家伙中的两个就被他打倒在了地上。可第三个上来情况就大不一样了,这人出手凶狠,招数变化莫测,张敬禹使尽浑身解数,却讨不到半点便宜。

　　眼看就要丢人现眼,邬氏在一旁观战,脸上吓得变了颜色。

　　这时,只听一声脆喝:"慢!"是玉兰的声音,她人随声到,半空里落下,恰巧在两个打斗人要碰撞时,把两人同时震开。

　　谁也没料到玉兰竟会有这等好功夫,院子里的人个个惊讶得合不拢嘴。

　　只见玉兰朝那四个家伙笑笑,说:"你们真是没礼貌,怎么打上门来啦?"

　　随即,她又对张敬禹说:"官人,杀鸡焉用牛刀?容奴家陪客人走三个来回吧!"

　　刚才上来的那第三个家伙很生气,什么牛刀、马刀,这不是贬他们吗?他恨不能一拳砸碎了她。

　　可是没等他出手,玉兰又朝他们笑道:"贵客临门,奴家哪敢厚此薄彼,怠慢各位?不如你们四个一起上,也可以省却奴家不少麻烦。"说罢,她袅袅娜娜地立个门户,等四个汉子一起进招。

　　四个大汉自然受不了如此大辱,一交换眼神,决定一起对付这小女子:"哼,把她生擒了,做哥四个的老婆!"

　　可谁知这四个家伙刚成扇形状把玉兰围上,玉兰突然一发力,他们就近不了她身了。

　　玉兰朝他们轻松一笑,说:"这院子太窄,咱去后山如何?"

　　她又转脸对张敬禹说:"官人替奴家观阵,奴家若是不济,就请官人上。"

　　于是六个人来到后山,这里老槐古柏,遮天蔽日。

　　较量接着开始,只见玉兰故意在山坡上的树林里东躲西闪,四条大汉怎么也追不上她,更别说打了。后来玉兰又巧借对方蛮力,一袋烟工夫接连打倒了他们四个中的三个,剩下最后的那个,功夫最好,出手也最凶。

那小子两眼血红,气势汹汹,一招猛似一招,一直把玉兰逼到了两棵古树前。那两棵古树紧挨着并排生长,都近合抱粗细,两树之间的缝隙至多只能塞进一个小孩的手。那小子看准玉兰已经全无躲闪退路,于是便运足力气,双拳疾风暴雨般的向玉兰身上打去。

眼看玉兰顷刻就将命丧这小子之手,张敬禹吓白了脸,闭上眼睛惨叫一声:"玉兰!"

说时迟、那时快,只见玉兰这时候突然背靠大树,双肘向后一送,插入两树中间,向两侧一使劲,两棵古树居然被她分开一道大缝。玉兰趁机穿过树缝,退到大树后面。而此时,那小子已将头撞将过来,玉兰双肘一松,那小子的脑袋顿时就被夹在了树缝中,千万斤的夹力之下,那小子立刻脑浆迸裂,死于非命。

没想到情势突然急转直下,张敬禹看得惊呆了,他从来没见过这么好的功夫!

剩下的那三个家伙吓得纵身要逃,玉兰喝道:"都给我趴下!我既然能要你们师傅的命,你们还跑得了吗? 刚才他出招太狠,委实是想要我的性命,这种人留在世上也是祸根,你等把他弄回去,埋了。记住,从今以后,再不许你们在武林中露面,否则,我取你们的脑袋,跟梳一次头差不多!"

三个家伙连连应声,哆嗦着身子赶紧要退,却又对同伙的尸身犯了愁:夹在树缝中,怎么将他弄回去呢?

玉兰冷冷一笑,伸出纤纤玉手略一用力,那两棵树又听话地分开了,三个家伙见了赶紧动手,把他们的同伙拉了下来。

张敬禹见玉兰武功如此超常,心里真是又敬又怕,不知自己今后该如何对她是好。

他小心翼翼地陪同玉兰回家,踏进院门,只见邬氏早已跪在当院。

玉兰一步上前，立即双手将邬氏扶起，说："大娘，切莫这样，这是要折我这苦孩子的寿哇！"

她又对张敬禹说："奴家本来终生都不想露丑，眼见今日官人临危，才不得不这么做。"

原来，玉兰的爹爹是出名的江湖大盗，武功高强，而且从未失手过。到了晚年，他突然省悟，觉得自己作恶太多，于是便把家产尽数捐给了寺庙，自己领着女儿隐居，过自食其力的生活，直到后来患了疾病，才撒手西去。玉兰遵循她爹爹的遗训，宁肯卖身葬父，也绝不再做梁上君子，就这样，才得以认识张敬禹。

玉兰自从那次治住了歹人之后，再也没出过手。倒是儿子逐渐长大，玉兰亲自教孩子识字解文，听说她的学问也让张敬禹佩服呢！

（顾文显　搜集整理）

（**题图**:蔡解强）

红石寨传奇

　　明朝时候,河南宝丰县西部有一座红石寨,老寨主姬文伯传出话来,要以摆擂台的方式为独生女儿英娘招亲。

　　方圆百里的人都知道,这英娘不仅美貌出众,而且武艺超群,老寨主没儿子,平时抵御攻打寨子的响马时,常带英娘出阵,那英娘使得一手好剑,是老寨主的左膀右臂。这些年,老寨主自感年老体衰,为英娘和寨子日后着想,他要为英娘寻个武艺高强的男人做夫君,所以要摆下擂台招亲。

　　招亲那天,寨子里人山人海,好汉云集,比武是真刀真枪,从日出一直比到日落,到最后,擂台上只剩下了一条好汉。那汉子身高九尺,面如美玉,他就是方圆百里名闻遐迩的拳师,名叫中原红。

老寨主和英娘看到中原红称雄擂台,不禁暗自高兴,私下里便让家丁回去预备酒菜,准备收擂了。

可就在这时,只听台下一个尖尖的声音叫道:"且慢!人人都有份的事儿,何不待俺也来一试?"

人们回头看时,却不见人影。

好一会儿,才听见有人说:"在这里,在这里!"

众人争相观看时,只听"哇"一声,满场哄笑。

老寨主瞪眼细瞧,只见一个脑袋硕大的侏儒在人群里钻来钻去,好容易才挤到擂台前来。老寨主不由皱了皱眉:"孩子,这不是玩的地方,看你也看了,笑你也笑了,回家玩去吧!"

那大头侏儒并不答腔,一个箭步跃上擂台,往中原红跟前一站,一捋袖子,露出了两条细细的胳臂。

台下人又是一阵哄笑,站在一旁的英娘顿时面红耳赤。中原红本不想出手,一看英娘如此尴尬,心里就来了气,飞起一脚就想把这个大头侏儒踢下台去。没料大头侏儒人倒了地,可就是不见他下台。

以中原红的腿上功夫,别说来个侏儒,就是八九尺高的汉子也消受不起。这一来,中原红立刻意识到对方来者不善,待稍稍缓过神来看时,就见那大头侏儒横着身子开始在地上盘旋起来,旋起的阵阵寒风直朝他腿上扫来。

防备不及的中原红左躲右闪,可还是被大头侏儒旋起的寒风裹挟着一个跟头栽下了擂台,身子半天动弹不得。待重新站起来后,他狠狠扫了大头侏儒一眼,扭头就走。

顿时,台下一片惊呼。

此时,大头侏儒站起身来,看着台下众人:"还有哪位好汉上来?"

无人应声。

英娘着急了,她哪里容得一个侏儒来做自己的夫君?只好亲自出场。英娘涨红着脸,对大头侏儒说:"你这厮算不得好汉,人家打了半天你才上场,以逸制劳,难服众人。本姑娘愿与你一比,你若能赢得,也算有话可说。"

大头侏儒本不想和英娘交手,可英娘抽出双剑就连出狠招,大头侏儒不愿伤着英娘,只是躲闪。那英娘打不着大头侏儒,非常恼怒,不禁柳眉倒竖、杏眼圆睁,一番腾挪翻滚直冲大头侏儒而来,但她很快就感到自己体力不支了。

大头侏儒这时才出手,仰面一倒来了个就地十八滚,轻扫英娘的玉腿,把英娘一屁股扫倒在擂台上。

老寨主在一边看得真切,这人的功夫甚是了得。可大头侏儒如此长相,实在让他难以接受,唯此爱女,怎能嫁给这种人呢?可自己既已言出,不能在众人面前失信哪,怎么办?

老寨主想了想,朝台下众人抱拳说:"今日这位英雄获胜,我暂且把他留在寨里。但这擂台是要设一年的,凡英雄皆可来此一显身手,我定把小女与寨子交给最后的赢家。"

老寨主话是这么说,但他心里其实根本就没打算把英娘嫁给这个侏儒,他是有意要让大头侏儒成为众矢之的,相信早晚有一天此人会被打下擂台的。所以,大头侏儒虽被老寨主留在了寨子里,可是却倍受冷落,吃住都无人过问。

但大头侏儒并不计较这些,他心里明白,以自己的相貌,别说是英娘这样的美女,就是一般的姑娘,自己也不敢想。他之所以要打这个擂台,是缘于几年前他和英娘的一次巧遇。

那次,大头侏儒的师傅在街头卖艺时突然晕倒,正好被英娘遇见,英娘当即拿出银子为师傅请医问药,将师傅的命救下。英娘的乐善好施和她的美貌一样,当时就深深地刻在了大头侏儒的心里,让他梦寐难忘。大头侏儒梦想着,若是真能得到这样一位女子,就是拼上性命也值。

现在,大头侏儒就是冲着自己心中长久的梦想而来的,他在寨子东头一个破文庙里住下,每日到擂台前候着应战。开始,还真有上擂台的,但被他那个"就地十八滚"的功夫打下去之后,就没人敢再来了。

眼看着一年的期限就剩最后两天了,这时候,中原红突然出现在了寨子里。原来,中原红是舍不下英娘。

自从败在大头侏儒脚下后,中原红便四处打听对付就地十八滚的办法,可遗憾的是,他正道不好好学,反倒学来了歪门邪道。他把歪点子说与老寨主听,老寨主本不是恶毒之人,可是爱女心切,沉吟半晌后也就点了头。两人决定先做下手脚,第二天再由中原红出面打擂。不过,他们并没有把这一切告诉英娘。

英娘眼看最后的期限马上就要到了,心里也着急呀。她思来想去,觉得大头侏儒虽然身材矮小,可总也是个男子汉呀,岂能没有怜悯之心?她想让大头侏儒自动退出,于是便悄悄备下酒菜去了文庙。

文庙里,除了一顶破草席和一口破锅,什么东西也没有。英娘看着心里有些过意不去,不由对大头侏儒说:"真不知英雄如此景况,我和家父怠慢英雄了,实在惭愧……"

大头侏儒却连连摆手:"英娘休要这般说话,为了英娘,就是睡在冰窟窿里俺也愿意。"

英娘一边把备下的酒菜拿出来,一边对大头侏儒说:"今天我来,一是向英雄表示歉意,英雄在这里也快住够一年了,我们甚是怠慢,请英雄见谅。二是……我也有一事相求。"

大头侏儒拍着胸脯说:"英娘只管道来,不必客气。"

英娘满满斟了一杯酒,双手捧给大头侏儒,说:"请英雄先喝了这杯酒,不然,我实在不好意思开口。"

大头侏儒听了英娘的话,点点头,说:"打俺落地,除了师傅就没人正眼瞧过俺,今天是平生头一遭,有英娘这么敬俺,俺谢英娘了。"说完,他一仰头把杯里的酒喝净,眼睛湿了。

英娘于是便问他:"英雄对英娘真心否?"

"真。"大头侏儒认真地回答。

"何以为证?"

"命。"

"英娘不要英雄的命,英娘只要英雄顺了英娘的心。英雄愿意不愿意?"

"英娘吩咐,便是上刀山、下火海又何妨?"

大头侏儒这肺腑之言,不由让英娘心头一热:要不是英雄这般长相,可真是顶天立地的男子汉,自己不正是要嫁这样的郎君吗? 唉,可惜了啊! 英娘的眼圈有些红了,不过她还是硬硬心肠,对大头侏儒说:"英娘本不应说出口的,但见英雄豪爽,就直说了吧。英娘不是赖婚,只是英娘实在是怕见英雄,更不消说日后和英雄同床共枕了。这些日子,英娘一直如同生活在噩梦里,英雄若还怜惜英娘几分,能否退矣?"

大头侏儒半晌不语,泪流满面。

"你走吧,"英娘继续狠着心说,"日后如果咱们还有见面的时候,英娘一定把英雄当作亲哥哥待,英娘还会为英雄温酒做菜……"

这番话,说得大头侏儒真是伤心啊! 将近一年来,他守在破庙里忍冻挨饿,为的就是能娶到英娘,这是他平生的梦,可现在英娘却求他离开。他难哪:欲走,心有不甘;欲留,又不忍伤害英娘。

英娘见大头侏儒不说话,一咬牙道:"那好! 英娘再给英雄斟上一杯。既然英雄能为英娘拼着性命打擂,又在这破庙里厮守一年,对英娘也算是情深意厚了,那我英娘就是和英雄做上几日夫妻再死,也是无怨的。"

大头侏儒听英娘如此一说,想想英娘对自己师傅的恩情,一跺脚,接过英娘斟的酒一饮而尽,然后开口道:"俺听英娘的,明日便走。"随后,再也无话。

英娘离开破庙没多远,就听见身后传来大头侏儒的号啕声,英娘心里也酸酸的:唉,怪只怪老天爷无眼,好端端一个英雄,却给了他这副身材。

原以为事情就这么了了,可谁知第二天大头侏儒却没有走成。原来,第二天一大早,中原红就把擂台摆上了,而且摆得比以往热闹多了,一条红色的地毯把整个擂台都覆盖起来,中原红自己一身红衣红裤红腰带,威风凛凛地站在台上。

大头侏儒一看,轻轻摇了摇头,红着眼睛走过去,对中原红说:"俺把擂主让于你,只要日后你好生待英娘就是了。"

中原红一听这话不乐意了:"你休言'让'字,俺今天非得把你比下去不可!"

这时候,主持打擂的老寨主拿出一件早已准备好了的崭新的红衣衫,叫大头侏儒穿上。大头侏儒一看这阵势,知道自己走不了了,便说:"也罢,比就比,比完了俺再走。看俺不穿这红衣衫,照样赢得!"说完,两手一捋袖子,就站到了中原红面前。

"慢!"老寨主把手里的红衣衫塞给站在一边的英娘,附着她耳朵悄悄说:"你叫他穿上吧,这擂台也是咱家的脸呢!"

英娘闹不清是怎么回事,既然爹说要换那就换呗。她走过去,把红衣衫递给大头侏儒,说:"英雄,就权当是英娘的一片心吧,真刀真枪比,英娘祈祷英雄不出闪失。"

英娘说的是真心话,她本来就是个善心女子嘛。大头侏儒顿时就觉得心里暖暖的,接了红衣衫就换上了。

大头侏儒感激地对英娘说:"英娘放心,俺赢了擂便走。"

大头侏儒话音未落,那边中原红已经叫阵了:"好你个小猢狲,大爷今天让你滚个够,别说十八滚,就是八十滚也不在话下!"

两个人立刻就交上了手,你来我往谁也不让谁。数十个回合下来,大头侏儒仰面倒地准备开始就地十八滚的时候,突然觉得脊背好像被什么东西粘住了,他心里一惊:不好,看对方这般气势汹汹的样子,莫非个中有诈? 他赶紧拼着命想从地上跳起来,身子却动弹不得。

就在这当儿,中原红抓住机会立刻连连出手,大头侏儒躲又躲不开,打又打不成,眼看就要大难临头。

英娘看出了事情的蹊跷,一把拉住老寨主问:"爹,今天是怎么回事?"

老寨主叹了口气,说:"闺女,不瞒你说,这红衣衫和红地毯上都涂过牛血,就地十八滚是驴功,沾上牛血就滚不动了。唉,今天只可惜了好一个英雄!"

英娘闻听此言,急忙喊"停"。可那中原红哪里肯住手,鬼头刀舞得"呼呼"作响。倒是大头侏儒,听声音回头望了英娘一眼。但就在这瞬间,中原红手起刀落,大头侏儒的脑袋立刻从颈上飞落下来,在地上转了好几圈后,一双眼睛还直直地望着英娘。

刹那间,英娘痛哭失声:"英雄,是英娘害了你啊!"

英娘此话刚出口,只听那大头侏儒的嘴巴里居然清清楚楚吐出五个字来:"英娘,俺去矣!"

这一声告别,说得英娘脸上的泪水"哗哗"直流。

中原红探过头来想看个究竟,谁知这时候大头侏儒嘴里突然喷出一口血来,直射中原红的面门,把中原红击退了好几步。

中原红不知道,大头侏儒嘴里这一喷,其实是就地十八滚功夫里的最后一着,叫"出口伤人",大头侏儒如果还活着,这口血肯定要了中原红的命。可惜现在大头侏儒已经身首分家,没了元气,中原红留下了命,但他的眼珠已经迸裂,从此双目失明。

打那以后,英娘再不言嫁。她收留了中原红,以妹妹的名义;她厚葬了大头侏儒,墓碑上的落款是:妻英娘立。

（文兴传）

（题图:黄全昌）

猜猜我是谁

　　清代雍正年间,北京城里正阳门外有一个卖瓜子的,姓张,人们都习惯叫他"瓜子张"。瓜子张靠着祖传炒卖瓜子的手艺谋生,日子过得挺艰难,却也平安无事。

　　有一天,瓜子张刚支好摊子,来了一位姑娘,身上穿着粗布衣,衣服上还打着补丁,一看就知道是穷人家的女子。

　　那姑娘围着瓜子张转了两圈儿,忽然冲着他跪了下去,抹着泪说,她叫温玉,父亲是在前门那儿赶大车的,家里就爷儿俩。不想前日父亲突然吐血不止,不到一天就去世了,温玉孤身一人,北京城里又没有亲友,听家里附近一个卖糖葫芦的老汉说,正阳门外摆摊卖瓜子的小伙子心眼好,人厚道,还没娶媳妇呢,她于是就过来了。

温玉流着泪对瓜子张说:"大哥,你娶了我吧,要不我就没活路了!"

瓜子张一听,心里挺同情这姑娘,再说自己今年也三十了,还是孤身一人,早就想讨房媳妇了,就是没钱,现在人家不嫌他穷,于是就欢天喜地地收了摊子,带着温玉回了家。

说来也是瓜子张有福,这温玉是个挺能过日子的女人。过门后,她拿出一对玉镯,说这是她娘过世时的遗物,让瓜子张去当铺当了,买回一个三节红漆大柜,一节装粮食,一节装衣物,另一节则上了锁,也不知她装什么用。白天瓜子张出去卖瓜子,温玉就在家中绣花,她绣的花鸟虫鱼活灵活现,绣完后让瓜子张拿到街上去卖,一会儿的工夫就被抢购一空。

瓜子张得了这么一个聪明能干的媳妇,心里别提多高兴了,常常自个儿偷着乐。

可没想过了不长时间,邻里街坊中却传出一些闲言碎语,说瓜子张捡的这个媳妇是从窑子里逃出来的,要不咋肯一文钱不要嫁给瓜子张?还有说那小媳妇不是人,是个女鬼,是来吸瓜子张精血的。

这些话传到瓜子张耳朵里,他对头一种说法倒是毫不理会,温玉嫁给他时是个清清白白的大姑娘,这他比谁都清楚。可对后一种说法,他心里不由起了疙瘩。

为啥?瓜子张想起那还是刚成亲不久,有一天半夜里,他睡着睡着,习惯地伸手去搂媳妇,一伸手,身边竟没人,被窝是空的。瓜子张一惊,以为媳妇掉地上了,下地一摸,还是没有,掌灯一照,屋里也没有,门虚掩着。半夜三更的,温玉会上哪儿去呢?瓜子张挺着急,披上衣服正要出去找,温玉这时却推门进来了,见了瓜子张不好意思地说,她有"三更泄"的毛病,刚才急了,赶紧穿衣去胡同外的茅房。瓜子张一听,跺着脚心疼地说:"看你,这里又没外人,你在屋里方便不中吗?大半夜的跑到外面去,就不怕遇上坏人?"温玉见瓜子张这么心疼自己,连忙再三再四地给他赔不是。可让瓜子张疑惑的是,这样的事以后又发生了好几回,现在被左邻右舍一说,他不禁怀疑起来:难道温玉真的是鬼狐?

这么一想,瓜子张就不由想到一件更让他疑惑的事:那个三节红漆大柜,第三节温玉总是锁得严严实实的,从来没让自己看过,那里面到底装了些什么呢? 瓜子张问过温玉好几次,温玉总说是她女人用的东西,男人不许看。

从此,瓜子张嘴上不说,心里可留上意了。

一天,瓜子张白天出摊后很快就收了摊,到朋友家里睡了一大觉,养足了精神,然后晚上回到家里就假装睡觉,等温玉起身穿衣出门,他就赶紧悄悄跟了出去。

只见温玉出了屋门没走几步,就"嗖"地纵身上了房顶,在屋脊上疾步如飞,一晃就不见了人影。瓜子张吓得差点跌坐在地上,他呆了片刻,心想:这温玉一定是个女飞贼,这种人心狠手毒,说不定什么时候一不高兴,就非杀了自己不可。

瓜子张害怕了,赶紧逃回屋里。进门后他哪还睡得着觉,心想:我惹不起难道还躲不起吗? 他跳起来,立刻收拾了几件衣服,正要逃,却见门"哐"地一下被撞开了,一个黑衣人扑进屋里,"扑通"一声倒在地上。

瓜子张吓坏了,赶紧闪到一边。过了好一会儿,他见黑衣人趴在那里一动不动,这才大着胆子点亮油灯,走过去一看,黑衣人是个女的,还蒙着脸,左臂中了一把飞镖。瓜子张一把扯下她的蒙面巾,谁知这女人竟是自己的媳妇温玉,已经昏迷过去了……

怎么说也是一日夫妻百日恩,瓜子张顾不得逃了,赶紧把媳妇弄到炕上,扯开她的衣服,见温玉的左臂已经发黑了。瓜子张虽然没学过医,但也知道这是中了毒,他立刻拔下毒镖,俯下身去,用自己的嘴对着伤口,一口一口地拼命往外吸伤口里的血水,随后又拿出金创伤药给温玉敷上,把伤口包扎好。

做完这一切,瓜子张已经累得差点儿瘫倒,他挣扎着又去熬了一锅绿豆汤,先给温玉灌下两碗,剩下的他自己"咕嘟咕嘟"全喝了下去,然后就迷迷糊糊地睡过去了。

也不知过了多久,瓜子张睁眼一看,天已亮了,温玉还昏沉沉地睡着,不过脸色已经微微泛红,看来没事了。瓜子张从床上爬起来,发现屋门口有一把雪亮的单刀和一个布包,那布包里在淌血水。他心里一紧,走过去打开布包一看,吓得"哎呀"一声大叫起来:那布包里竟是一个血淋淋的人头。

瓜子张这一声惊叫把温玉吓醒了,温玉挣扎着从床上坐起来,看到自己左臂上的伤口已经被瓜子张包扎好了,她知道事情再也瞒不下去了。

温玉眼中泪光闪动,她告诉瓜子张说:"我给你说实话吧!我叫温玉不假,不过我父亲不是赶大车的,他是内阁大学士,因为为人过于耿直,得罪了不少当朝权贵,他们于是就联合起来诬告我父亲有谋反之意,说他企图反清复明。身为皇上的雍正偏听偏信,竟下旨将我父亲凌迟处死,全家问斩。幸亏我幼时跟一位武功高强的女尼学过功夫,这才只身逃了出来。为了报仇雪恨,我决定隐居在京城,寻机报仇,于是……就找到了你……"温玉说到这儿,泪流不止。

瓜子张听到这儿全明白了:自己的媳妇不是女飞贼,而是一个为父申冤的女中豪杰。

这时,温玉又伸过手来,把那红漆大柜的钥匙递给瓜子张,让他把那个红漆大柜的第三节打开。瓜子张打开一看,不由倒抽了一口凉气,只见柜子里竟放着几个撒了石灰粉的人头。

温玉告诉瓜子张,这几个人都是诬告她父亲的仇人。昨晚她杀了最后一个仇人之后,就直奔皇宫,打算去杀雍正,但皇宫里戒备森严,她刚潜进宫里就被大内高手发觉,左臂中了一支毒镖,幸亏跑得快,才得以逃脱。更幸亏瓜子张及时为她吸出毒液,要不她早就命归黄泉了。

说到这儿,温玉连连向瓜子张道谢,说:"夫君,我……我真不知该怎么报答你啊!"

瓜子张一听,宽厚地笑了,打趣说:"瞧你,见外了不是?谁让你是我捡来的媳妇呢?"

不过,温玉夜入皇宫,已经惊了雍正,这里显然已经不是他们的久留之地。瓜子张和温玉匆匆收拾了一下,当天就悄悄搬走了,谁也不知他们去了哪里。

（韩 冬）

（**题图**:黄全昌）

大牛打老婆

　　柳湾有个大牛,长得身高体壮,二百斤的担子挑起来健步如飞,干起活儿来一个顶俩。缺点就是性格粗鲁,动不动就把牛眼一瞪,吓得人家一连打三个倒退。

　　大牛二十五岁那年,娶了个山里女人做老婆。

　　大牛的老婆叫阿兰,别看阿兰长得白白净净、秀秀气气,来头可不小!她的祖父是本地有名的拳师,曾经空手打死过豹子;她的父亲是有名的散打师,虽然没打过豹子,却教出了一班徒弟,其中一个现在是省武警总队的武术教练;她的哥哥也不赖,县里搞文艺汇演时,她哥哥上台表演硬功,一掌下去,四块砖头被断成了八截。

　　自打阿兰进了大牛家的门,柳湾人都想:大牛这回碰到对手了！阿兰虽说是女流之辈，可既然生在武林世家，多少总会两手，硬功练不了，点穴什么的肯定会一点，她只要来点儿功夫，哪怕大牛壮得像头牛牯，也该趴下了。

其实刚成亲时，大牛也担心阿兰会怎么对自己，所以一直小心翼翼的，生怕把她惹恼了，会拿出祖上空手搏豹的功夫来。试想，一个大老爷们，要让老婆给镇着了，脸往哪搁？

幸亏阿兰不是个泼辣角色，她说话温温婉婉，待人和和气气，别说大牛，就是左邻右舍，谁见了都喜欢。

阿兰在家里从来没给过大牛一点难堪，大牛终于放下心来。可是后来阿兰生了孩子，大牛那粗鲁的本性就渐渐显露出来了。在大牛想来：阿兰生了孩子，就算练过武功，气力也弱了，以后就没什么怕的了。所以随着孩子一天天长大，大牛的脾气一天比一天躁，常在阿兰面前充大佬、摆威风，有时候甚至还动手动脚过把打老婆的瘾。阿兰偶尔有什么事没做好，大牛甩手就拔拳头，在外面碰上什么不顺心的事了，回到家里也拿阿兰出气。

邻居们看到大牛老这样欺负阿兰，都觉得惊讶：难道他就不怕阿兰娘家大大小小的武师们上门来找他算账吗？可是大牛不怕。原来是因为阿兰这个女人特贤惠，又特能忍，在婆家挨打的事，她从不跟娘家人露过半个字。

不过，话也要说回来，大牛除性格粗鲁外，其实心里还是很疼阿兰的，粗活、重活从不让阿兰沾手，哪怕自己穿粗布衣，也要把阿兰打扮得漂漂亮亮的。还有，大牛打阿兰时，也是拣她身上无关紧要的地方下手，痛是痛，可到底也不伤筋动骨。正因为阿兰念着大牛的好处，所以平时也就不特别记恨他的坏处。可老这样毕竟不是一回事呀，阿兰这样处处让着大牛，大牛打阿兰就成了习惯，三天不打手就痒，浑身不自在。

这天晚上，大牛要洗澡，阿兰就替他把洗澡水准备好。

可是大牛一看澡盆里的水直冒热气，伸手就朝阿兰屁股上打了一巴掌:"你想把我烫死呀?"

阿兰说:"这水温刚好,不信你试试。"

阿兰话音刚落,大牛竟又朝她脸上扇了一巴掌:"我说烫就烫,还不快去给我舀勺冷水来?"

阿兰见阿牛这么不讲道理,懒得和他争辩:既然你硬嫌水热,那就给你加冷水呗!她于是就跑出去拿水勺。

这当儿,性急的大牛等不及了,不由把手往澡盆里一伸,水果然不烫,于是大大咧咧把衣服一脱,就跳了进去。

阿兰舀了满满一勺冷水进来,一看阿牛已经进澡盆了,就问他:"怎么,不嫌水烫了?"

大牛不接她的话茬,硬生生地说:"你来给我搓搓背。"

阿兰瞧他一眼,也不说话,放下水勺,就走了上去。

搓着搓着,大牛猛然一回身,又甩了阿兰一巴掌。

阿兰的脸沉了下来:"我又怎么啦?"

大牛说:"没什么,我叫你用点儿力气搓。"

"你就算打我,也该有理由吧?我又不是个木鱼,你凭什么动不动就拿我敲敲打打的?"

"打着好玩呗,要什么理由?"

这大牛居然说出"打着好玩"的话来,这让阿兰特别伤心:"你打着好玩,就不管我痛不痛?我也是肉做的身子啊!"

争强好胜的阿牛当然不会认错:"怎么着,打你还不服气?老婆不就是让男人打的吗?"

阿兰见阿牛越说越不像话了,真是气不打一处来:"谁说老婆是让男人打的?经书上写的?律书上定的?"

阿牛嘴还硬:"就是老话说的,三天不打,上房揭瓦。我要不打你,你还不早就上房揭瓦去了?"

阿兰一听,更伤心了:"你这是冤枉我呢!我敬你是个男人,处处让着你,可你却一点也不把我放在眼里。"

"哎哟,你这个婆娘,还敢跟我顶嘴?"大牛转过身,一连朝阿兰身上捅了三拳,"你少跟我啰唆,还不快给我搓背?"

阿兰气呼呼地瞪着大牛,就是不动手。

大牛催促道:"你磨蹭什么呀? 快点!"

这时候,阿兰伸出手去,她不是去拿搓背的毛巾,而是抓住大牛的两只手按在澡盆沿上,然后一使劲儿,将他连人带澡盆一起端起来,"咚咚咚"就往屋外走。

大牛做梦也想不到阿兰竟有这么大的力气,不禁大吃一惊:"你……你想干什么?"

阿兰不理睬他,只顾"蹭蹭蹭"地往外走。

大牛一看这情势不对,就拼命挣扎,可他那两只手就像被铁钳夹住了似的,一点儿动弹不得,他心里害怕起来。

这时候,阿兰已经将他连人带盆端到了大门外,只见阿兰将门口一条板凳用脚一勾一蹬,那板凳便飞起来,端端正正地落在了院墙下面。阿兰走过去,踩着板凳,将澡盆放在墙顶上,然后回过头来责备大牛道:"做夫妻最要紧的是和睦,像你这样动不动就打,能不打伤感情吗? 以前让你打一打还不要紧,现在孩子都快懂事了,你还拿我敲敲打打的,让我怎么管教孩子? 你得答应我,以后再也不能这样了。要不,我就把全柳湾的人都喊来,看你的热闹。"

大牛既惊于她的神力,更怕当众出丑,哪敢说个"不"字,自然满口答应。

阿兰见他这个样子,又说:"男子说话三十六牙,说了就要算数,你可不能事儿一过去就把自己的话忘了。"

大牛连连点头:"不会! 保证不会!"

阿兰这才松了大牛的手,将他和澡盆一起搬回屋里,然后就像什么事也没发生过似的,仍然给他搓背。

大牛刚才真被吓糊涂了,发了好一回呆才回过神来。他好奇地问阿兰:"你既然有这么好的功夫,那我……我打你的时候,你怎么不还手呢?"

阿兰轻言细语地回答他说:"我嫁给你,难道是来找对头打架的?"

大牛还是不明白:"那你至少也该在我面前露两手,给我点厉害瞧瞧呀?"

阿兰笑了,说:"我妈告诉我,如果男人在家里都不能伸头,在外面会更没出息。我让你,是怕伤了你的锐气。我总不希望自己男人一辈子活得窝窝囊囊的吧?"

从此,大牛就再也没有碰过阿兰一个指头。

(胡卫红)

(题图:黄全昌)

神 艺 绝 技

唇枪舌剑、刀光剑影,终归有形。真正的神技,却在于大象无形,无招胜有招。

救艺

长白山深山老林里有一个苦孩子，无父无母，不会种地，不会缝衣，只好靠摘野果和打野兽填饱肚皮。

山里野果，最充饥的莫过于松塔，可松塔长在红松上，一棵红松十几丈高，几个人搂不过来，下半截不见一个杈儿，要想上去，没真本事甭核计。

野兽中顶肥实的莫过于野猪，可那家伙凶猛异常，山里人历来有"一猪二熊三老虎"之说，没真本事，别跟它比量。

可这苦孩子偏有股不怕死的蛮劲儿，采果子专拣松籽，撵野兽专捉野猪，天长日久，竟让他练成了两条飞腿、一双铁臂。

苦孩子人聪明，悟性好，在同野兽的搏斗中，参照它们的捕拿动作，自创了一套拳术。后来，他走出长白山找人比武，比一个胜一个,边比边学,走遍五湖四海,打遍天下好汉。

想想再没什么可比试的,这孩子就又回到长白山下。不过这回,他眼也宽了,力也大了,什么活儿都能干,做一件成一件。过不了几年,他竟盖起了深宅大院,买下了丫环使女,自称"长白山大侠",过起安生日子来。

名气一大,上门求教的人自然少不了,于是大侠就根据徒弟们各自的长处,分教他们不同的拳法,三年出徒,打发上路,绝不多留一天。在那个年代,他的徒弟真可以说是"桃李满天下"了。

大侠五十多岁光景时,有一个江南小伙子来投奔他,小伙子人聪明,又听话,待大侠那真是比亲爹还要孝顺。偏这大侠不曾生得一男半女,于是就把这小伙子当亲生自养的啦!

大侠对那小伙子说:"从今以后,我不再收徒弟了,把你当作关门弟子。江湖上有句话:教会徒弟,饿死师傅。所以我哪次教徒弟都留一手两手的,怕他日后学会了反来制我。如今你例外,我把一生所学尽数传给你,丁点不留。"

小伙子一听,感动得"扑通"一声跪倒在地。

甩出这话去,大侠从此对这个关门弟子可就真的认起真来。冬三九、夏三伏,他把自己的一招一式都传给了他的这个关门弟子。

三年以后,大侠对弟子说:"武功都传你啦,该哪去哪去吧!"

弟子道:"师傅膝下无子,徒儿怎能舍你老人家而去?我愿侍奉师傅一辈子。徒儿一定要把师傅创立的长白山武功发扬光大,让它流传后世。"弟子于是继续留在大侠身边。

一晃又是三年过去了。这天,大侠要去会一位朋友,吩咐弟子看守家门。他在朋友家里多喝了一点酒,不觉天已黑尽,回来穿过一道小树林时,练武的人耳朵好使呀,听着有点动静,一拉架势,果然从树梢上飘下一个身影,夜行人打扮,脸上蒙着黑纱,劈手就是一掌,直扑大侠面门。

大侠见对方身手不凡,哪敢怠慢,于是两个人便在树林里周旋起来。直打了两个时辰,从树林里打到草地上,大侠心中暗暗吃惊,这招式,这步法,哪一出也不在他之下,他使出看家本事,多少绝招都被一一化解。

到底是年过半百的人啦,大侠自觉气力有些跟不上。这时,那蒙面人一脚飞来,又快又猛,大侠理应伸手点住对方脚尖,借力量腾身躲开,可那脚到跟前时变化得太快,大侠闪避不及,只听"啊呀"一声,被踢中小腹,身子往后就倒。关键时刻,大侠使出了杀手锏,他在往后倒身的一刹那,双脚看似滑起,实际上是化腿为刀。蒙面人猝不及防,两条腿立刻被齐刷刷扫断。

此时,下弦月已升起,大侠抢上一步,"唰"的扯下蒙面人脸上的黑纱,不由大惊失色:这蒙面人竟是他悉心传授武艺的关门弟子。"你这畜生,我真心待你,你怎敢恩将仇报,加害于我?"

"师傅息怒。"他的关门弟子此时已痛得大汗淋漓,"师傅有所不知,徒儿这些日子很是伤心。师傅平时总告诫徒儿为人要诚实,可徒儿却觉得师傅传艺不尽。今夜徒儿豁上命来一试,果不其然。徒儿来时,已知必死,所以预先跟师傅家中丫环说了,师傅如若不信,回去核问便是。"

大侠听弟子这一说,脸上止不住的泪水滚滚而下:"惭愧,惭愧啊!我久闯江湖,果然染上恶习,我确实对你留了最后一手。唉,都像我这样你留一招、我留一式的,传来传去岂不把精湛武艺传走了样儿?徒弟呀,为师背你回去治伤,从此再开收徒之例,绝不留半点私心,否则为师对不住你这一双腿呀!"

打那以后,大侠又开始重新收徒,半点不留私心。他还让自己的弟子现身说法,教育后来人授艺莫存私念。

(顾文显　搜集整理)

(题图:谭海彦)

真气和神气

　　从前,河北沧州有位武林高手,人们只知他姓卜,却不知其名啥。因为他武艺高强,大伙于是就叫他"不过招",意思是说,他面对敌手,不用出手过招便可将其征服。

　　可不过招自己却不这么认为。不过招哪能征服对手? 怎能分出胜负? 于是,不过招自号"不过三"。他声言,不管谁,只要躲过他三招,他不过三便拜对方为师。

　　可不过三走南闯北大半年,却找不到一个敢跟他过招的对手,这让他觉得非常苦恼。

　　这一天,打关东来了个年轻人,说要跟不过三讨教讨教。

　　不过三一听乐了,心想:我正苦于找不到对手,你来了好啊,欢迎,欢迎!

因为不了解对手,所以过招时不过三很小心谨慎,一点不敢马虎大意,他运足气,准备好好跟这个小关东比试比试,谁知只一掌的功夫,便把小关东打得跟风车儿似的旋出去老远。

不过三笑了:"小兄弟,看样子你的功夫还真不错,刚才我是运上十分气力,要是换个人,怕是早就倒下了。你还好吧?"

小关东头一昂:"你不过胜我一局,没啥了不起的,用不着教训人。告诉你,我不服,咱们三年后再见!"说完,扬长而去。

瞧着他不服输的背影,不过三暗想:真是初生牛犊不怕虎呀!他于是拱拱手,朝小关东嚷道:"小伙子,我等你三年后再来!"

果然,三年过后,小关东真又来了。不过三一看对方那架势,明显感觉到他肯定功夫大有长进,因此在进招时更加多了几分小心。

不过三那一掌劈出去可是够厉害的,软如绵,硬似刀,虚中带实,实里藏虚,挟雷裹电,掌花乱飞,横竖左右,向对手压去。你躲得过横的,却中了竖的;避开了竖的,横的正冲着你来。任何人只要中其一掌,非死即伤。其实,不过三并不想伤害面前这个不知天高地厚的年轻人,只是觉得此人非同一般,才使出了自己的看家本领。

哪知小关东一闪身,竟然躲过了不过三这一招。

不过三不由失声叫"好"。

不过三一边为对手叫好,一边又想着如何出第二招以镇住对手。

刚才那十几掌,不过三是一口气甩出去的,上三路真气已经用完,身体大幅度向对手怀里倾斜,想要缩回身子再度出手已经办不到。这时,对手只要用一个指头在他背上那么一点,轻则倒地,重则丧命。可他不过三毕竟是武林高手,等的就是这种时候。

只见不过三前掌劈出去后立在空中像扶栏,后掌接着按上如攀栏,而双腿则凌空倒竖。就在这一立一竖,他真气复了原,于是立刻以迅雷不及掩耳之势,用双脚夹住小关东的脖子顺势一扭,将他抛向空中,又重重地摔在了地上。

只见小关东脸色煞白,连个"哼哼"的声音也没有,不过三上前一看,觉得情况不妙,急忙将小关东拉起往肩上一背,回到家里又是熬汤又是煎药,为他精心调理了好多天,小关东终于见了好转。

不过三对小关东说:"小兄弟,照我看,如今天下的武功就数咱俩了,你不如留在这儿,咱们朝夕相处,那该多好!"

谁知小关东却摇摇头,说:"不,虽说我这次又输给了你,但我还是不服。我敢说,再过三年,就绝不会是这样的结局了。"

不过三一听笑了:"小兄弟,我实话告诉你,如今没有人能躲得过我第三招的,连我自己也没法化解,我一出手,对方必死无疑。如果真有人逃过这一招,那我的性命也就完了。咱们何苦自相残杀呢?"

可是小关东一听他这番话,却"啪"地站了起来,说:"你别吓唬人,我不怕。等着吧,咱们三年之后再见!"说完,就走了。

一晃,三年又过去了。

这天黄昏,不过三觉得心里发闷,便独自上了后山坡。来到山冈上,只见月影下站着个人,细一瞧,就是那三番两次上门比武的小关东。

小关东一见不过三,立刻双手抱拳,说:"前辈,后生在此等候多时了!"

不过三不觉惊讶万分:"小兄弟,你不到寒舍,却在此等候,这是为何?"

小关东"呵呵"一笑道:"后生怕前辈不肯赏脸,只得在此恭候。"

显然，小关东要逼不过三比武。

比就比吧！两人于是打过照面之后，比武就正式开始了。

不过三依然按部就班地出招，第一招被小关东躲过，第二招也被他躲过。

那神神秘秘的第三招是什么呢？只见不过三在空中扭过头，吐出一口气来，这气细如丝却硬过钢，看似袅袅青烟，却能破石裂玉。不过三这口气直冲小关东而来，小关东躲避不及，"哎哟"一声摔倒在地上。

不过三知道情况严重，急忙落地站稳，将小关东一把揽在怀里，失声大哭："小兄弟，你为啥不听大哥我良言相劝？为什么咱弟兄之间非要拼个你死我活？如今你搭上了性命，我欠下了良心，这叫我以后怎么做人呀？"

可奇怪的是，小关东却没有立刻咽气，身上始终是热乎乎的。

不过三不由大为惊叹："好小子，吃了我这口真气，居然还留得残生，真是不简单！"

不过三将小关东抱回家里，放在炕上，又是揉，又是捏，但总不见他醒过来，也不见他死过去。

看着小关东那双目圆睁、不肯服气的样子，不过三心里默默说："小兄弟，你死得屈，我知罪了。我求你咽了这口气吧，来世我还你命债就是。"

可小关东还是眼不闭、气不断。

从此，不过三一闲下来就坐到小关东身边，一遍又一遍地唠叨自己练真气的经过和感受。他多么希望小关东能活转过来，跟他一起习武练功，可是过了一年又一年，小关东依然不死也不活。

这一年，不过三听说东北某地出了个武林高手，也号称"不过三"，不过三不相信真有此事，决定去会会他。于是他雇了个人,要他代为精心照顾小关东,然后自己便出发了。

不过三到了关东,边走边访,但闻其名,却不见其人。一晃就过了半个月,也没找到那个号称"不过三"的人影。

八月十一那天晚上,他正借着月光行走在一个偏僻的山沟沟里,半道上突然闪出个人影,拦住了他的去路。不过三一看对方身手,知道来者十有八九就是自己要找的那位,他当然不敢怠慢。

就这样,两人什么话也没说,就交上了手。

不过三抢先出手,但是头一招却让对方轻松地躲过,第二招也没有见效。当他运足真气要来第三招时,哪知对方来了个先声夺人,借势伸出二指,点在不过三喉间的穴位上。就听"哇"地一声,不过三口吐一口鲜血,当即倒在地上。

但不过三毕竟是武林高手,倒地之后又腾身跃起。见对方已离他而去,便大声喊道:"好汉留步,我有话要说。"

对方站住了。

不过三追上去说:"承蒙好汉手下留情,未致小人于死地。从此后,我再也不称什么'不过三',更无颜在武林中立足了。但请好汉留个姓名,以便今后报答。"

对方这才开口说话:"前辈,你别这么说,当年你不也曾几次饶我不死么? 其实我是你的手下败将,只不过没有服输罢了。"

不过三顿时就愣在了那里:"你是小关东?"

"不错,小关东就是我。"

不过三看相听音,站在自己面前的应该就是那个小关东。可这怎么可能呢? 不过三说:"请好汉别开玩笑了,小关东当年吃了我一口真气,如今还躺在炕上,怎么会在这儿呢?"

"这你就不必多问了。"对方冲不过三说,"反正我在你面前连输三阵之后,终于看出了你的破绽,于是就在这里终日研磨,才学成刚才那一手既不伤人、又可胜你的招式。大哥,人生如梦,我也是大梦一场,如今醒来,也该去了。前边村寨里,住着我的妻小,就拜托大哥照应了。"说罢,只听"刷"地一声,他人不见了,只留下一堆衣服和一汪鲜血。

不过三眼见得小关东刹那间没了踪影,伤心得大哭了一场。天亮后,他将小关东的衣冠包好,来到前面村里,打听到小关东的住处后,直到夜深人静时才翻墙入院,扔下大把银子,然后赶路回家。

不过三来到家里一看,炕上的小关东已死去多时。替他照顾小关东的人告诉他说,小关东就是在八月十一晚上断的气。

不过三听罢,对已经闭了眼的小关东说:"小兄弟,我练的不过是真气,而你凭的却是神气,我服了你啦!"

后来,不过三厚葬了小关东,离开沧州远走高飞。从此,他在武林中销了声、匿了迹,他那口真气也随之失传,再没人能练得出来了。

(顾文显　搜集整理)

(题图:黄全昌)

宝马

古时候,江湖上多侠客。侠客们好马,常常把宝马看得比自己的命还重。

有个侠客爱马爱得痴迷,在江湖上遍寻宝马,终于觅得一匹叫"千里雪"的白马。那马不但浑身雪白,没有一丝杂色,而且高大威猛,善登山、会泅水不说,日行千里不在话下,它的嘶声更是一绝,平时难得发声,一旦嘶鸣起来,十里之外树叶纷落,百兽皆惊。

白马的名声于是在江湖上传了开去,人们就叫这个侠客为"白马大侠"。

白马大侠万分宠爱他的宝马,每到一处歇息不问别的,先问可有好料喂马,宁可委屈了自己,也绝不委屈宝马。

那一日,白马大侠来到河南境内,眼看天色渐晚,正好前面有一家客店,门前有一副很生动的对子:未晚先投店,鸡鸣早看天;横批是:马有困时。白马大侠看着觉得这对联亲切,于是就去叩那家店门。

开门的是个须发皆白的老汉。

白马大侠问:"店家,你处可有上等的马料?"

老汉一看白马大侠身后那匹白马,不由倒吸了口冷气,连连摇头说:"客官,休说上等的马料了,有了你这匹白马,便是有一根草,我也不会给你的。你还是赶快走吧!"

白马大侠很奇怪:"此话怎讲?"

老汉说:"壮士休要问,问了便是祸在旦夕,只怕走不了你。"

白马大侠再问时,老汉只是摇头,再不出声,那神色极为神秘。

白马大侠见问不出个所以然来,只好拍马前行。可走了没几步,他就停下了,行侠之人,遇到这种事不问个究竟是不甘心走的,于是他又折了回去,再次敲开那家店门。

老汉见还是他,就只开了条门缝。

白马大侠说:"店家,前面没了人家,今儿就容我住下吧?"

老汉想了想,说:"客官要住便住,只是本店只留人不留马,客官这马是不能牵进小店里来的。"

白马大侠说:"我不要你的马料,我吃什么马就吃什么,店家只管把它当人便是,银子我自会给你。"

老汉还是不肯:"如此也住不得!"

白马大侠奇怪了:"店家,你自开你的店,我自付我的银子,天经地义,有什么住不得的?莫非偏要惹我性起,一把大火烧了你这破店不成?"

老汉听白马大侠如此一说,吓得赶紧开门给他打躬作揖,附着白马大侠的耳朵,如此这般地解释了一番。

原来此地有一红脸汉子，人称"红脸天王"，他上山打得猛虎，下海擒得蛟龙，在地方上颇有威名。后来，红脸天王也迷上了玩马，也在江湖上遍寻宝马，但终无所获，于是便发了狠，但称凡有好马入境，必得先报与他，若有隐匿不报者，必视仇敌不容。

听罢老汉所言，白马大侠指指自己身后的白马，问道："店家看我这马如何？"

老汉说："这马体宽嘴阔，气宇轩昂，必是千年难遇的好马。不过恕我直言，客官有此好马相随，你还是早早走了便是，若是住店，必出不了此境，怕是早有人给红脸天王报信去了。客官休怪小店不留你，我年老体衰，哪里得罪得起红脸天王？老实人家以安分度日为天，还请客官多多体谅。"

白马大侠一听老汉这话，仰天大笑道："我虽视此马如命，但若能遇上比我更爱此马者，我又何惜此马？你自当放我和我的马进去，好生款待，人要美酒大肉，马要细面白馍。有人来问时，你就说我特来此地将宝马献于爱马之人，就看他有没有这个福分。"

老汉被白马大侠这番话说得哑口无言，只好让他牵马进店。

当夜，倒也太平无事，不提。

第二天，白马大侠才起来，门外就沸沸扬扬传来一片人马声，白马大侠出去一看，一伙人正围着他拴在院里的白马指指点点，为首的是一个身材魁梧的红脸汉子。

红脸汉子见白马大侠开了门，就迎上来朝他拱手施礼道："壮士，好马，真是好马，天下少有！"

白马大侠断定这红脸汉子一定就是老汉说的那个红脸天王，就回礼说："天王如此夸我的马，不知你意下如何？"

红脸天王迫不及待地问："壮士，此马可换？"

白马大侠说："壮士游侠四方岂可无马？我视此马如命，命是不可以换的。不过，若是遇上有比我更爱它的，我便是把它送了又何妨?"

红脸天王不明白:"此话怎讲?"

白马大侠说:"你若是比我更爱此马,便牵了去;否则,休想要得!"

红脸天王眨眨眼睛,说:"但请壮士说个明白,我也好思量。"

白马大侠一字一顿道:"此马于我如同手足,离了它,我便是断了手足。所以天王若是要它,须先断手足。天王愿意这么做吗?"

白马大侠说完,两道炯炯目光直逼对方,红脸天王愣住了。

"哈哈哈哈!"白马大侠仰天长笑,"原来天王只不过是个叶公,连一只手臂都舍不得断,何以缘求宝马? 我的马不予俗人!"说罢,他昂首挺胸,牵了白马扬长而去,一路走一路长叹,"天下人都说爱马,其实爱的都是自己啊!"

白马大侠走出没多远,忽然,红脸天王在他身后高声喝道:"壮士且慢!"

白马大侠回转身,只见红脸天王从腰间拔出剑来,朝他吼道:"壮士看真切了!"

只见红脸天王"嚓"手起刀落间寒光一闪,随着众人一声惊呼,红脸天王的左手落在地上。"啊——哈哈哈!"红脸天王狂笑着,笑声里充满了浓浓的血腥味。

这一切,白马大侠当然看得真切,他先是一惊,好一会儿,脸上又浮出一丝淡淡的笑意。

红脸天王走过来,要去接白马大侠手里的马缰绳,可是白马大侠丝毫没有松手的意思。

红脸天王说:"壮士,我自有大碗的酒予你喝,大把的银子予你花,只是这白马今后该归了我,你若还要索回此马,须拿了你的头来换,如此方可证明你比我更爱宝马。"说罢,他猛地就把白马大侠手里的缰绳夺了过去。

白马大侠立刻捶胸顿足："老天啊，你为何如此不公，既生此马，又何生出一个红脸天王来？你这是要了我的命啊！"他踉踉跄跄地冲出百步，一把拔出佩在腰上的宝剑，往脖子上一抹，顿时血溅三尺之外。

众人惊呼，一阵唏嘘。

红脸天王愣了愣，牵起白马要走，只见白马突然挣脱了缰绳，跑到百步之外白马大侠的尸体跟前，仰起脖子一声嘶鸣，四周的树木顿时应声纷纷落叶，那嘶鸣声让在场所有的人都心寒腿软。

那白马如同醉酒者一般，摇摇晃晃地围着大侠的尸体转圈，谁也拉它不走。

红脸天王哪里肯依，就想上去驯服白马，谁知那白马一抖身子，把红脸天王甩出好远，然后扬起四蹄绝尘而去，无论红脸天王在后面怎么吆喝，都不回头。

眼看那白马就要在远处消失得无影无踪了，站在一旁的店家老汉突然把两个指头放在嘴里，打了一声尖厉的呼哨，那白马立刻就在远处停住了，直直地竖起耳朵听着。

老汉又打了一声呼哨，那白马仰天长嘶了一声，竟晃着尾巴跑回来了。

那白马径直跑到老汉跟前，屈下身子。就见老汉"噌"的一下翻身跨上马背，连声大叫："好马！好马！真是千载难遇的好马！"他一边啧啧地夸，一边就打马向前跑了开去。

那白马奋蹄扬鬃，如踏云雾，眨眼之间身后只留下一片纷纷扬扬的尘土，众人这才真叫开了眼。

此刻，红脸天王叫苦不迭，哭丧着脸正想辙儿要把白马弄回来，却见天边扬起一片尘土。

不一会儿，老汉就策马到了跟前。

红脸天王要去牵白马，老汉眼一瞪："且慢！若让你把马牵了去,天理何在?"

红脸天王脖子一挺,说:"我断臂换此马,这马理当我牵。"

可老汉的回答却更加振振有词:"你断臂,壮士却断了性命,论爱马你不如壮士他;白马弃你而去,你不知如何唤回,论御马你不如老汉我。这宝马如何就归了你?"

红脸天王顿时傻了眼:"那依你说,应当如何?"

老汉道:"三十年前,我不惜舍去王侯之位,隐姓埋名专攻驯马技艺,遍寻绝世好马,直到如今鬓发如雪,才寻得这匹宝马。昨日一见此马,我便决定取之,我故意不留大侠住店,乃是欲擒故纵,后来报信与你,无非是再看你的深浅,却原来你等皆不该拥有此马。老汉我本欲今日取之以慰平生,可眼见诸位英雄皆为马所累而忘了根本,方明白天下宝物皆误人矣,不如无宝,不如无宝啊!"说完,老汉一把夺过红脸天王腰中的宝剑,直向白马劈去。只听那白马长嘶了一声,顿时就身首分了家。

眼看着绝世宝马顷刻之间倒在了地上,众人大怒,都跳起来要向老汉兴师问罪。

老汉此时身轻如雁,跳开数步道:"罢罢罢,不劳诸位动手!我寻马误了一生,今番才如梦初醒。韶华不再,死又何妨?"说罢他扬剑自刎,扑身倒地。

脚下的黄土,顿时发出轰然的绝响……

（文兴传）

（题图:黄全昌）

铲除安霸天

　　黄大力在佛山这片地儿上，也算得上是大名鼎鼎了，虽然不是师出名门，但凭着自己的聪敏和勤奋，加上不知从哪儿弄来的几本武学秘籍，他倒也在十八岁时练出了一身好武艺，人称"天下无敌"。不过如此一来，黄大力就不免狂妄起来，一边替人打抱不平，一边自己却又欺负人。

　　这天，黄大力大叫大嚷，说要去国公古庙把"安霸天"的脑袋砸扁。他火气这么大，是有原因的。因为这几天不断有不认识的人来找他，说古庙那儿来了个家伙，姓安，自称安霸天，专门欺负人。来找黄大力告状的那些人，都被他打得鼻青脸肿，狼狈不堪。

　　黄大力问这些人："难道你们就没跟那家伙说，我要去教训他吗?"

他们回答:"说了,可那家伙说……说你'算个什么东西',还说如果你敢去,他就一巴掌……一巴掌把你的脑袋拍成肉饼。"

"什么?"黄大力一听,一股怒火"腾"地蹿起:竟然有人敢挑衅我这个天下无敌?"哼,那我倒要看看,到底是谁把谁拍成肉饼?"他说着,抬腿就冲出家门,朝古庙方向奔去。

国公古庙离黄大力的住所有一段路,中间还得经过一个集市地儿。黄大力正急急地在地儿上走,忽然一个声音在背后叫他:"黄师傅,来吃盘卤牛肉!"

黄大力回头一看,一个卖卤牛肉的小伙子正向他露着讨好的笑脸。也难怪,这地儿上,有谁不认识他黄大力呢? 黄大力心想:也好,先把肚子填得饱饱的,待会儿可以长足力气去对付那个不知天高地厚的家伙。于是就不客气地往小伙子的凉棚里一坐,一连就把两斤卤牛肉吃下了肚,完事后,他抹抹嘴,抬腿要走。

这时候,小伙子将黄大力拦住了:"黄师傅,你还没给钱呢?"

"钱?"黄大力一愣,"我吃东西还从来没给过人家钱呢!"

没想这卖卤牛肉的小伙子是个认死理的人,他认真地对黄大力说:"黄师傅,你看,我这样的小本买卖,你怎么能忍心不给钱呢?"

黄大力这下抹不开脸面了,于是便要起赖来:"我吃你牛肉了? 谁看到了? 你问问周围的人,谁看到我吃你牛肉了?"

这地儿的人向来对黄大力惧怕三分,此时哪个敢站出来给小伙子作证?

可小伙子就是拉着黄大力不让他走:"不给钱,你就不能走人!"

这时候,周围看热闹的人渐渐多了起来,大家嘴上不说,其实心里都在等着看黄大力的好戏。这一来,黄大力越发觉得自己不能失了脸面,可毕竟是吃了人家的呀,如何给自己收场呢?

他眼珠一转,计上心来,笑着对小伙子说:"那好,既然你说我吃了你两斤卤牛肉,那么你称称我看。我告诉你,我体重都没两斤重呢,我怎么吃你的牛肉?"

黄大力这话一出口,满场皆惊:黄大力虽然长得不算魁梧,可怎么也有一百五六十斤吧?怎么会连两斤都不到呢?

卖卤牛肉的小伙子当然不信,于是当下与黄大力约定:如果黄大力体重不足两斤,就放他走;如果超出两斤,那没话说,黄大力给钱。

接着,就开始要称人了。可随之又出现了一个新问题:称人的秤钩挂在哪里?

黄大力指指自己的鼻子,得意洋洋地对小伙子说:"挂我鼻孔吧!"

小伙子真就把秤钩往黄大力的鼻孔上一钩,然后向上一提。奇怪,黄大力竟然轻飘飘地被提了起来!一称,果然连两斤都不到,一斤六两。

挂在空中的黄大力蜷曲着腿,朝小伙子翻着白眼说:"怎么样,现在你没话说了吧?"

没办法,小伙子只好无奈地让黄大力走人。

就这样,白吃了人家两斤牛肉,还将人家戏弄了一番,黄大力抹着满嘴的油,美滋滋地扬长而去,他心里很得意:这小子没见过轻功啊!

走着走着,黄大力突然感觉后面有人在跟着自己,转身一看,是个老头,长长的胡子,满脸的皱纹,弯着腰,正盯着他看。黄大力不解:"你干吗?"

老头说:"刚才看你挂在秤钩上,感觉你武功底子不错,我想收你做徒弟。"

黄大力鼻子一掀,不客气地回道:"你这个老头子,黄土都埋到脖子根了,居然还想做我师傅?"

老头说:"年轻人,别太狂妄,错过了这个机会,你以后可别后悔啊!"

黄大力不想跟老头啰唆,他现在一门心思就想去会会古庙里那个家伙,所以甩下老头顾自赶路。可是走了没多会儿,他却再一次被人叫住:"黄师傅,来看看我这上好的石材吧?"

黄大力回头一看,一个红光满面的中年汉子,正守着一块六尺多长、三尺多宽、六寸多厚的方方正正的花岗岩,在向他招手。黄大力见是个陌生面孔,不想理他,不想却被他硬拉住了手。

黄大力朝他眼一瞪,说:"我可是有要紧事去做,这石材你卖给别人吧!"

可那汉子却对他大献殷勤:"像这样上好的石材,只有你黄师傅才有资格享用啊!"

黄大力不明白:"享用?怎么享用?"

那汉子"嘻嘻"一笑:"打个比方,就比如……刻个石碑什么的呀!"

黄大力心里不舒服了:你咒我死?我好好的刻什么石碑?可他不知道这汉子什么来路,不便发作,想了想,摇头说:"我看这石材不行,烂了!"

汉子盯着黄大力:"黄师傅可真会开玩笑,我长这么大,还头一次听说石头会烂。"

黄大力火气上来了:"不信?好,我试给你看!"他边说边伸出食指,朝这块花岗岩上"啪啪啪啪"使劲儿拍了十几下,就像捅豆腐一般,花岗岩上被他拍出一个洞来。"看到没有?不烂,怎么会这样?"

可谁知这时候那汉子却突然大喝一声,伸出一只手猛地朝花岗岩捅去,只一眨眼的工夫,他的手已经没入岩中,然后只听他又怪叫两声,"噌"地将手拔出。黄大力看到,这块花岗岩上,竟被他抠出一个碗口大小的窟窿。

只见汉子从窟窿里抓出一大把雪白的花岗岩石沫,对黄大力说:"黄师傅,这石材哪里烂了? 你看看这雪白的石沫,有一点儿烂的样子吗? 多新鲜的石材啊!"汉子说着朝地上一挥手,雪白的石沫撒了一地。

这下黄大力知道自己遇上高手了,对方这一招,很有点像江湖上盛传的"无影手"招式。可是狂妄的黄大力哪里肯认错,他朝汉子抱一抱拳,说:"就算是我黄某看走眼了! 既然石材没烂,那你卖给别人好了。咱们后会有期!"说完,他脚下生风,溜得飞快。

可是黄大力万万没想到,他刚走出一会儿,先前那个要收他做徒弟的白胡子老头又出现在了他的面前。老头对他说:"我看你刚才拍花岗岩的工夫也不错,我还是打算收你为徒。"

黄大力此时只想快点去古庙,所以翻着白眼朝老头摆摆手,脚下一步不停,继续走得飞快。可想不到那老头步子也不慢,黄大力根本甩不掉他,最后黄大力几乎是小跑了,没想那老头仍然紧紧跟在他后面。

黄大力心想:今天怎么搞的,净遇上高人? 他心里很烦躁。

眼看古庙快到了,突然,黄大力发现面前出现了一条宽约两丈的深沟。他不由一愣:古庙自己又不是第一次来,什么时候庙前有了这道深沟的? 不过他转而心里又一喜:我不正好可以利用这条沟来摆脱身后这个讨厌的老头? 想到这里,他猛一用力,"噌"地从沟上跃了过去。再回头看老头,那老家伙正在沟的那一边挠头呢!

黄大力立刻神气活现起来,朝沟对面喊道:"老人家,你倒是过来啊! 你过来,我就拜你为师!"

那老头也不搭话,只是用手揪着自己头上的辫子。嘻,怪事儿出现了,老头竟然就这样把自己身子悬空揪了起来。这个镜

头黄大力别说没看过,就是听也从来没有听说过。老头将自己
揪离开地面,两只脚在空中交替拍打,竟然箭一般飞过了深沟,
速度之快令黄大力瞠目结舌。

只听"咚"的一声,老头站在了黄大力面前,说:"年轻人说话
算话吧?"

黄大力急了:"你这一手有什么用?这是用来逃跑的。哼,
高手过招,比的是谁能把对方打败,逃算什么本事?你这一手,
说起来也算是'无影脚'吧?可它对我来说一点用处也没有,我
从不逃跑,我根本不需要它。所以,我告诉你,你要做我师傅,这
是做梦!"

老头一听黄大力这么说,直朝他摇头:"年轻人啊,就你这种
狂妄的性格,早晚会酿成大祸啊!"

可黄大力哪里听得进老头这番教训?更何况他现在的心思
只在那个安霸天身上,所以头也不回,直奔古庙而去。那老头看
着黄大力的背影,一个劲儿地摇头。

很快,黄大力来到了古庙门前。

他看到庙门旁边的石凳上躺着一个汉子,辫子拖在地上,正
打着呼噜,嘴里流着口水。黄大力想起来找他的人说过,安霸天
平时就爱躺在这张石凳上打鼾。于是他立刻走过去,照着这汉
子的屁股就是一巴掌:"起来!你就是那个安霸天吧?"

那汉子被黄大力这一打,大概还不知道是怎么回事,睁着迷
迷糊糊的眼睛说:"是老子我怎么样?你小子手发痒……"

黄大力不等安霸天说完,照着他的脑袋又是一拳。

安霸天当然也不是等闲之辈,这时候脑子虽然还迷糊着,但
身子却本能地往旁边一闪,然后猛地拔起。可是他还是没能躲
过黄大力这一拳,虽然没击中脑袋,胸膛却是结结实实被打中
了,只听得一声钝响,安霸天飞出三丈多远,把一棵茶壶粗的大
树都一砸两断。

黄大力朝安霸天大吼一声："你听好了,我就是黄大力!"

再看看躺在地上的安霸天,好像只剩下"呼哧呼哧"喘气的份儿了。

杀人要偿命,黄大力不是不知道,所以他对安霸天说:"今天暂且饶你一命! 不过我有两个条件:第一,你必须马上离开咱这块地儿,从此别让我再看到你。第二,今后不准你再欺负人,否则我随时取你小命。"

躺在地上的安霸天一个劲儿直点头,黄大力"嘿嘿"冷笑了两声,于是转身便往回走。都说安霸天怎么怎么厉害,可是自己只这么三下两下就把他给制服了,黄大力很得意,脚下的步子不免轻飘飘起来。

可是才走出两步,他感觉不大对劲,后脑门儿突然刮起一股凉风,猛回头,只见安霸天已经到了他面前,两根手指直冲他的脖子而来。黄大力暗叫"不妙",想急忙抽身,可是安霸天动作已经抢先了一步,来不及了,黄大力只觉浑身一麻,便再也动弹不得。他知道,自己被安霸天点了穴道。

安霸天两只眼睛死命盯着他:"服不服?"

黄大力把牙一咬:"要杀要剐,随你的便!"

安霸天突然哈哈大笑:"倒是条汉子。不过,你实在是太低估了我安某啊!"

黄大力非常后悔自己刚才太过轻敌,可是事到如今,却只能由安霸天摆布了。黄大力心里那个恼啊,把嘴唇都咬出血来,他恨恨地瞪着安霸天。

可是安霸天却朝黄大力嘻嘻笑着,说:"你这个人啊,不止是犯了轻敌的毛病,你最大的缺点,就是目中无人。你来找我算账就来呗,还大叫大嚷的,这话传到我耳朵里,我怎么会不做准备? 我睡什么觉啊,还不都是做给你看的!"

黄大力听得不耐烦了:"你少啰唆,要杀要剐,给个痛快!"

安霸天依然嘻嘻笑着："年轻人的性子真是急啊！听我说，你犯的错误多了。其实，就算我做了准备，如果你手上再多几成功力的话，也能把我打一窟窿啊！这功夫你不是没机会学，那个卖石材的汉子，完全可以当你的师傅，如果你肯拜他为师学些日子，今天这战说不定谁赢谁输呢！"

黄大力听安霸天这么说，心里不由一"咯噔"：这家伙明明在这里等我，却连我在来路上碰到的事都知道，看来我的确是小瞧他了。不过，他嘴上却依然硬着："要杀就动手，啰唆什么？"

可是安霸天依然接着他自己的思路，对黄大力说："还有，就算你手上功力不够，脚下的功力若够了也行啊，刚才我点你的穴，如果你闪得足够快，就能够躲开，就仍然有机会赢我。你为什么不跟那老头学无影脚呢？你又不是没看到他出招。他主动收你为徒你都不干，你今天输给我就太正常了。"

黄大力嘴上不说，可被安霸天这一分析，此刻他心里真就有些后悔了：唉，只怪自己太不虚心，现在真成了人家砧板上的鱼肉了。他不由叹了口气，对安霸天说："事到如今，我只求一死了！"

"死？"安霸天轻轻一笑，"先让你看看我是谁，再死不迟。"说完，安霸天转过身去，用手轻轻一抹脸，再转回来，黄大力大吃一惊：这安霸天竟然成了那个卖卤牛肉的小伙子。安霸天转身再用手轻轻一抹，这一次转回来，他又成了那个卖石材的中年汉子；再一抹，竟又变成了那个要收他为徒的老头。

安霸天朝黄大力笑笑说："易容术，听说过吧？我实话对你说吧，卖卤肉的，卖石材的，要收你做徒弟的，其实就是我一个人；我也不叫什么安霸天，我叫安啸天；至于被我打得鼻青脸肿后去找你诉苦的那些人，他们有些是我的徒弟，有些也是我易容而成。你连这些都看不出来，还能称'天下无敌'？"

黄大力这时候只剩下吃惊、佩服和难堪的份儿了。一个他从未听说过的无名小卒都有如此深厚的功力和武学造诣,那么他以前的所谓"无敌",真正是一个笑话。

"所以啊,"安啸天说,"如果有人真想取你性命的话,你早死几百回了。我注意了你好久,之所以今天给你下这样的套子,只想让你搞明白三件事:一,江湖中高人遍地都是,谁也别把自己太当回事;二,千万不要欺负百姓,你一边吃人家的东西不给钱,一边又要替人家去除霸,可是你想过没有,你这样做,自己不就是最大的民霸? 三,我看你武功底子不错,但如果不好好发展的话,不会有太大的出息。我并不是什么高人,但目前武艺总要比你高一些吧? 如果你看得起我,就拜我为师,留下来我们一起好好练,练出一身好武艺,悟出一心好武德,从此替人间除霸安良。如果你不愿意,也行,那么就悉听尊便!"说完,安啸天在黄大力身上轻轻一点,穴道即被解开。

到此时,黄大力对安啸天是真正心服口服了,只见他"扑通"一声跪倒在地上,高叫一声:"师傅——"从此便一心跟随安啸天潜心学武,终成一代武林宗师。

据说,后来威震天下的岭南武术界一代宗师黄飞鸿,正是当年这个黄大力。

(鲁　瓜)

(题图:谭海彦)

智斩「七匹狼」

　　清朝咸丰四年,在甘肃、陕西、四川三省交界的险恶驿道上,出现了一伙号称"七匹狼"的七个土匪,他们专在这里劫杀过往行人,尤其是商人。

　　这七个土匪,各人姓甚名谁无人知晓,只知道他们行事自有特点:一是每次都是七人结伴一起行动,从不和别人合伙;二是行劫时不留对方活口,一律将被劫人杀死,没人看到过他们的真面目;三是他们行劫没有规律,飘忽不定,从不暴露行踪。所以,就是京城的威远镖局、四川的四海镖局等几家威慑海内的大镖局,他们保的镖同样被这七匹狼劫走,而且没有一人活着回来。

　　这一来,官府惊骇,武林震动。

　　威远镖局实在忍不下这口气,于是镖主出面,广邀江湖上的英雄好汉，合力围追堵截七匹狼，官府也同时调集大队人马追杀，但结果还是"拳头打跳蚤"，收拾不了他们。

不过这么一折腾，对七匹狼到底还是起了一点威慑作用，这一段驿道上有很长一段时间终于风平浪静下来。但土匪未除，终是隐患，过往行人难免提心吊胆，他们不得不走这一路段时，就想方设法请官府派兵保护，请武林高手沿道护送，始终处于人心惶惶之中。

正当人们对七匹狼束手无策的时候，江湖上突然传出一个令人振奋的喜讯！据说有一对夫妻，绰号"雌雄蝴蝶"，武艺超众，胆略过人，手里一对雌雄宝剑舞得神出鬼没，无人可敌。夫妻俩嫉恶如仇，专和残害百姓的黑道人物作对。几个十分了得的黑道人纷纷败在他们的剑下：云南的"独眼金镖"刘文龙横行江湖十几年，杀人无数，血债累累，却在戒备森严的老巢里被这对雌雄蝴蝶斩杀；"独行怪客"白老三号称"关中盟主"，单腿独剑，武功很是了得，他专将人家姑娘先奸后杀，可也在作案时被这对雌雄蝴蝶斩去单腿，盟主的信物"五龙鎏金玉杖"也落入夫妻俩手里。

奇怪的是，这雌雄蝴蝶夫妻俩姓甚名谁、年岁几许、师从何派、什么来路，都无人知晓。但越是这样，在老百姓眼中就越是显出他们的神秘来，大家于是就把消灭七匹狼的希望都寄托在了他们身上。

可很久也不见有什么动静，倒是那七匹狼却又在驿道上活跃起来，大家于是对那个雌雄蝴蝶的江湖传言渐渐绝望了。

一晃到了咸丰五年春末，一位在京城经营珠宝多年的四川商人打算"叶落归根"，由京城返回老家去安度晚年，他随身带着大量珠宝，可又不得不走这条驿道。万一碰上七匹狼打劫怎么办？所以他整日忧心忡忡，迟迟定不下启程的日子。

消息传出，大家都为他担心。

好在这阵子七匹狼倒是又不见踪影了,有传言说是他们中的几个突然得了痢疾,爬不起来了。四川商人于是当机立断,决定趁这个难得的时机赶紧上路。这天,四川商人的一长溜人马由京城出发,缓缓向他的老家进发,队伍中,骡马大车足足有二十多辆,车上全是铁箱、木箱和竹笼。

四川商人此行请威远镖局接镖,由镖局王牌镖师大刀刘玉昆亲自押镖,并带了比往日多出数倍的镖师。京城里一位王爷平时和商人私交很好,还特地传下密令,要沿途各地州府为商人派重兵保护。

不过尽管如此,四川商人还是担心七匹狼打劫,所以一路上时时处处提醒刘玉昆要多加提防。总算老天帮忙,七匹狼始终没有出现,商人终于带着他积蓄多年的财富平安回到了老家。

刘玉昆也长长地吁出一口粗气,待商人安顿停当,便带着手下告辞而去。

本以为这事儿就此平平安安结束了,却谁知当晚二更时分,夜色之中隐约可见七条黑影"噌噌噌"跃上了四川商人家的院墙,七匹狼来了!狡猾的他们不在驿道上下手,直接奔商人老家行劫来了。

眨眼之间,七匹狼已经跃到了商人睡觉的卧房房顶上。这时,卧房内正点着十几支大蜡烛,房里房外亮如白昼,七人之中有一人便使出一式"倒挂金钟",脚尖勾住房檐,缓缓挂下身来,用舌尖舔破窗纸,往屋内偷看。

只见屋内的一对男女都还未更衣,穿着白绸短褂,正在那里谈笑。倒挂在窗外的一匹狼正看得出神,突然,只听见"啪啪啪"几声,房内的蜡烛全部被暗器击灭,原本亮如白昼的卧房内外顿时漆黑一片。房顶上的"六匹狼"和倒挂在窗外的一匹狼大吃一惊,立刻以极敏捷的动作"腾"地跳到院中央地上,拉开架势,静待意外之变。

就在这时候，卧房内那十几支大蜡烛突然又被点燃了，四周一片光亮。烛光之下，只见卧房内的一对男女已经站到了房门口。男的个子偏高，女的个子稍矮；男的右手执剑，女的剑在左手；他们两人手牵着手，背对着背，成翼护对方之势，目光炯炯地逼视着院中央站着的那七匹狼。

七匹狼今天的打扮都是一身黑衣黑裤，脸上蒙着黑布，只露出两只闪着凶光的眼睛。他们手中的兵器虽然各不相同，但都是两手各握一长一短两件家伙，有的单剑配匕首，有的单钩配尖锥，刀刃剑尖上都闪着蓝森森的幽光，明眼人一看就知道这些尖尖儿上都蘸有见血封喉的剧毒。

卧房门口那个着白绸短褂的男人先开口："请问几位，阁下可是名扬江湖的七匹狼么？"

七人沉默片刻，其中一人答道："正是。"

随即，回答者也开口问道："你们二位可是近日在江湖上出尽风头的雌雄蝴蝶？"

男人朝他微微一笑，朗声回答："正是我们。"又问，"再请问几位阁下，在这月黑风高之夜，你们该不是来劫财的吧？"

七匹狼一听，其中就有匹狼忍不住"扑哧"笑出了声："你们说呢？难道我们到这里来是哄你们两个娃娃玩的么？你们从京城出发，我们就一直跟着了，只因你们人多，才没有下手，现在总算有了机会。劝你们还是早早离开此地，免得横遭祸殃，不然的话，定叫你们两个碎尸万段！"

雌雄蝴蝶听了这番话，互相对望一眼，禁不住一阵长笑："我们自出道以来，还从来没有听到过谁用你这样口气对我们说话的。难道你们比独眼金镖和关中盟主还要强么？"

不等七匹狼回话，那女的又说道："我们夫妻俩和你们近日无冤、远日无仇，你们今天既然来了，也不能让你们空手而归。"说罢，她从身后搬出一只精致的小铁箱，放到院中央，"嚓"地打开……

哇，只见箱内红缎上放着一柄鎏金镶玉、玲珑剔透的玉杖，七匹狼个个脸上露出了贪婪之色，全都不由自主地向铁箱凑拢过去。

这时，女人悄悄退到一边，对七匹狼说："这就是关中盟主白老三的盟主信物五龙鎏金玉杖！这样吧，今天给你们一个机会，谁把这玩意儿拿到手，谁以后就是盟主。现在，就看各位的身手了！"

女人话音刚落，七匹狼顿时蜂拥而上，每个人都不顾一切地拼命去抢铁箱中的玉杖。就在这时，卧房内那十几支大蜡烛又突然一下子熄灭了，院子里陷入一片漆黑之中，七匹狼在黑暗中互相撞击、打斗起来，惨叫声响成一片……

只片刻工夫，当卧房里的十几支大蜡烛再重新点燃时，只见院子里的地上血流遍地，污血中横躺着七匹狼的尸体……

那一对手握雌雄双剑的夫妻仍然站在卧房门口，他们衣不沾血，神色悠然。

其实，所谓四川商人回归故里纯属子虚乌有，那一长溜队伍里的二十多辆骡马大车以及车上装的铁箱、木箱和竹笼，全是伪装，是雌雄蝴蝶故意设下的迷魂阵，至于送玉杖、灭蜡烛而引来群狼自相残杀，更是他们的一手高招。

从此以后，在甘肃、陕西、四川三省交界的驿道上，就再也没有七匹狼的踪迹了。

（王乃存）

（题图：黄全昌）

神

技

　　湖桥镇早在清朝乾隆年间就是个远近闻名的大镇,但是进入民国初年,镇上突然变得十分萧条冷清,街上的店铺大都关门歇业,生意人少有敢光顾这里的。究其原因,是匪事猖獗所致。

　　湖桥镇西去十五里有座百峰山,山上盘踞着一股土匪,多达上百人。匪首人称黑六,此人来去一阵风,谁也没见过他,真可谓"神龙见首不见尾"。

　　前些年,以黑六为首的这伙土匪只抢富家大户,从不去骚扰百姓。但是近几年来,他们却像换了副面孔,突然变得凶狠异常起来,不管你是穷是富,不管你家产是多是少,凡是钱财,见了就抢,打家劫舍,无恶不作。湖桥镇上的人对他们无不恨之入骨,可又奈何不了。

　　这一天，湖桥镇来了一位叫华阳的剃头匠，人长得矮矮墩墩的，他在街上热闹的地方租了一间门面，扯出一条大大的幌子，上书"神技飞刀剃头"。这无疑像是在油锅里撒了一把盐，整个镇子立刻活跃起来，华阳的剃头铺前挤满了来看热闹的人，大家都想瞧瞧这位剃头匠是如何用神技飞刀来剃头的。

　　为了让大家看个清楚，华阳特地把让剃头客坐的靠椅挪到了铺子门外。

　　第一个来剃头的是个年轻人，说是要剃光头。华阳替他围上白单子，给他洗过头之后，把一条毛巾捂在他头上，让热气慢慢往他头皮里渗。这当儿，华阳拿出一块折叠得板板正正的生白布，在上面左一下、右一下"嚓嚓嚓"地把剃头刀磨了一遍。

　　华阳手里这把剃头刀看上去好像和其他师傅的剃头刀没什么两样，所以那些来看热闹的人好奇心就更大了。

　　刀磨好以后，只见华阳握刀在手，反复看着这个年轻人的头形，又拿手指量过尺寸。随后，他把磨快了的剃头刀轻轻抛起三尺来高，落下时头也不抬，右手大拇指和食指一伸，就卡住了正好落下的剃头刀的刀柄。只见"刷"一下，年轻人的头上自上而下便露出一条光光的头皮，而且已经被剃下了的头发纹丝不乱，整整齐齐窄长一绺，落在地上。

　　紧接着，华阳又把剃头刀轻轻抛起三尺来高，落下时又是用右手大拇指和食指卡住刀柄，"刷"一下，年轻人头上又是自上而下露出一条光光的头皮，被剃下的头发又是纹丝不乱，整整齐齐窄长一绺，落到地上。

　　到后来，华阳手里的动作越来越快，人们根本看不清他是如何抛刀、如何接住、又是如何把头发剃下来的，只看到道道白光闪过，绺绺头发落地，只一会儿工夫，一个泛着青色的光头便出现在大家眼前。

　　华阳收了刀子，喊声"好啦"，便让年轻人付钱走人。

众人看得咋舌,华阳的名声很快传了开去。

于是,到华阳这里来找他剃头的人越来越多,啥人都有,有老有少,有穷有富。剃完收钱的时候,华阳说谁多少谁就付多少。华阳对有的人收得多些,对有的人就收得少些。如果来客身上没钱,只需说上一声"今天忘带了",华阳照样让他走人。

不过渐渐地,人们也看出了华阳对来客收钱的区别:穿戴破旧的,收得少;穿戴光鲜的,收得多。

不过这样一来,富人就有意见了。每逢这时候,华阳就哈哈一笑,说:"你哪里剃不了头,为什么偏偏到我这里来? 明摆着,你是想来享用这份新鲜玩意儿不是? 你头剃了,还看了热闹,我自然得收你双份的钱。你想想,是不是这个理儿?"

华阳一席话,说得富人哑口无言。

七月的一天,吃过午饭,华阳正要歇晌,一个书生模样的人来找华阳剃头,来人气宇轩昂,后面还跟着两个随从,腰里都别着"家伙"。

一进门,书生掏出一摞银元往桌上一放,要华阳给他来个飞刀剃头的绝活。

华阳打量他一番,点头道:"行。"

洗过头,蒙上毛巾,在给书生用湿毛巾捂头的当儿,华阳像往常一样磨起了他的剃头刀。

也许是华阳觉得书生往桌上放的银元不少,所以他今天把剃头刀磨得特别卖力,把刀子在生白布上擦了又擦,在油石上磨了又磨,直到刀刃上的寒光发出青冷的颜色,方才作罢。

书生瞄了华阳一眼,说:"盛传先生身怀神技,想不到竟用这样一把不起眼的刀子来给我表演什么神技?"

华阳说:"先生莫小瞧了它,这可是我家的祖传之物,锋利无比啊!"

书生有些不屑:"你言过其实了吧?"

"不信?"华阳把刀子凑近他,晃了晃,"待会儿先生就明白了。"

一切准备就绪,华阳问书生:"先生,可以开始了吗?"

书生点点头:"开始吧。"

华阳于是开始抛刀、接刀,一招一式有板有眼,完全按着程序,给书生剃起头来。

剃完,他问书生:"先生可刮脸?"

书生问:"刮脸怎么刮?"

"一样,"华阳说,"和剃头一样。"

书生有点不太放心:"也用这法子? 你能保证不破一点皮?"

华阳当然胸有成竹。

"那好,"书生从口袋里又摸出几枚银元,在华阳眼前一晃,"看着,刮好了,这些就都归你了。"

华阳没吱声,随后就开始给书生刮起脸来。他只用三刀,便刮净了书生的左腮;又用三刀,刮净了书生的右腮。

现在,书生的脸上只剩下巴上的胡子没刮了,华阳停了手,定定地瞧着书生的脸。

书生这时正躺倒在靠椅上,舒舒服服地闭着眼睛,享受着华阳的神技伺候,见华阳突然住了手,他不觉睁开了眼睛。

突然,他的身子猛地抖动了两下,似乎想站起来,却被华阳的刀子逼住了。

顷刻之间,只见华阳把刀子抛了起来,抛得比哪次都高,一道寒光直直地升起,在空中画了一个弧,又直直地落下,直插书生的咽喉。只见"刷"的一下血花四溅,书生的脖子被齐齐切断了。

书生的两个随从惊呆了,随后正要冲上来,可华阳的剃刀早已甩了出去。剃刀削掉了一个随从的四根指头,飞旋着回到华阳手里,立刻又朝另一个随从头上飞去。

　　华阳指着掉了脑袋的书生对众人说:"他就是百峰山上的土匪头。"

　　人们惊呼:"他就是黑六?"

　　"不,"华阳说,"他是白八。"

　　"白八?"人群中有声音说,"匪首不是黑六吗? 怎么成了白八?"

　　华阳给大家解释说:"黑六早在五年前就金盆洗手不干了,临走前把寨子交给了白八。不过黑六有言在先,要白八做到三不抢,即妇幼不抢、正道生意人不抢、穷人不抢。黑六说,若是白八做不到这三条,就要杀了他。所以今天是白八的大限到了,怨不得别人。"

　　又有声音问:"先生怎么知道得这么详细?"

　　"我就是黑六,"华阳说,"这次我到湖桥镇来,就是专为剪除白八而来,还大家一个清净。"

　　众人不解:"那……黑六,为什么刚才白八没有认出你来?"

　　黑六一把扯掉脸上的胡子,伸了一下腰,原来矮矮墩墩的个子,陡然高出半尺来长。黑六告诉大家说:"白八最终其实认出我来了,但已经来不及了。"

　　当天晚上,黑六重新回到了百峰山。夜半时分,湖桥镇上的人们发现,百峰山上一场大火冲天而起,几乎映红了湖桥镇半个天。

　　第二天,镇上几个胆大的上百峰山去看,看到那寨子里残垣断壁,一片狼藉。但是他们没有看见黑六,而且,所有的土匪都不知去向。

　　从此,湖桥镇上再无匪事。

(李培俊)

(题图:安玉民)

绝活

　　北平城什刹海旁有个青年屠夫，叫那五。人们都说那五有一手绝活，啥绝活？刀枪不入的硬气功。您甭不信，先说件事儿您听听。

　　这年腊月初三早上，那五给前门王麻子酒楼送去半爿猪肉，顺便坐在里头喝了一碗茶，完了顺手将茶渣一泼。

　　可巧了，刚好有位爷打他身边过，那茶渣像长了眼似的，全泼在那爷的绸缎袍子上。

　　要说，那五也不是故意的，只要起身给那爷赔个不是，这事儿也就结了。可那五偏偏是水牛过小巷——转不过弯来，他硬是啥也不说，站起身就走。

　　那爷火了，一把揪住那五的肩头，喝道："小子，这就走哇？"

那五回头说："那你还想咋的?"

那爷牛高马大的个,满脸横肉,"嘿嘿嘿"冷笑数声,问道:"你小子知道老子是谁吗?"

那五摇头:"不知道。"

那爷突然就从背上取下一把明晃晃的大刀,"哐"的一声掷在桌上:"老子就是瞿豹!"

此言一出,酒楼里的人无不大惊。原来,瞿豹乃是袁世凯手下出了名的刽子手,仗着自己武艺高强,经常欺凌弱小。

可那五听他报出名头后,居然仍是摇头:"不认识。"

这瞿豹什么时候被人这等藐视过?怒不可遏地吼道:"你娘的,老子今儿个就送你上路。"说完,闪电般抄起桌上的大刀,照着那五脖子就是一刀。

瞿豹做刽子手几十年了,砍头的刀法是既狠又准,别说这么大个人头,就是小小一个麻雀头,只怕这一刀下去也是毫厘不差。

然而,只听"嘣"的一声,瞿豹手中那把大刀竟被磕出了一个大豁口;再看那五的脖子,竟然毫发无损,连半点痕迹都没有。

瞿豹顿时傻了眼:"我的妈呀!"扔下大刀,连滚带爬地跑了。

这事儿一传十、十传百,没多久,整个北平城的人都知道了。

正所谓"人怕出名猪怕壮",那五出名后,请他助拳的人每天络绎不绝。可那五生来就老实,不爱逞强斗勇,有人来请他,他多半婉言谢绝。

这天下午,那五正在家闲着,突然"嘭嘭嘭"有人叩门。他开门一看,眼前顿时一亮,来者竟是个光彩照人的大姑娘。

那五本就木讷,一见是个大姑娘,更是结结巴巴说不出话来,反倒是那姑娘大方利落,主动问道:"您就是五爷吧?"

那五立刻红了脸:"不敢当,不敢当……"

姑娘一笑,说:"我叫杨春花,我哥哥杨德才在醉风楼设宴,要我来请五爷过去,请五爷赏个脸。"

那五一听,心想:杨德才?我不认识啊?当下就有些犹豫。

杨春花一看那五的样子,急了:"五爷,你无论如何也要去呀,否则我不好向哥哥交差。"

那五心想:"得,免得人家为难,去看看也罢。"于是便跟着杨春花来到醉风楼。

一位斯文俊秀的爷早在那包厢里等着了,一见那五进来,连忙起身作揖:"五爷赏脸,杨某深感荣幸。"原来这人就是杨春花的哥哥杨德才。

杨德才请那五入座,给他斟满一杯酒,说:"不瞒五爷,我兄妹俩都是吃百家饭长大的,常年在外卖艺。这次来到北平城,久闻五爷大名,我杨德才平生最爱结交热血男儿,因此才冒昧请五爷来醉风楼小聚。唐突之处,还望见谅。"

那五见杨德才不是请自己助拳,心中不由舒了口气,又见他谈吐文雅,举止彬彬有礼,心中更是有了好感,于是两人一边饮酒一边聊些江湖上的见闻,竟是十分投缘。

正聊着,杨德才不觉轻轻叹了声气,眉宇间涌上一丝愁云。

那五关切地问:"杨兄,好好的干吗叹气?"

杨德才黯然道:"五爷有所不知,我杨德才孤家寡人行走江湖倒也惯了,只是我妹妹,眼见已到了出阁的年龄,却成天跟着我东奔西走受罪,我这心里不好受啊!"

杨春花在旁边忍不住叫了声:"哥哥……"眼圈一红,扭头跑了出去。

杨德才突然问那五:"五爷,恕我冒昧,你觉得我这妹妹人咋样?"

那五脸上一红,不知如何开口,其实他心里头挺喜欢杨春花的。

杨德才道:"我见五爷是个难得的人物,我妹妹对五爷也是倾慕不已。倘若五爷不嫌弃,我愿将小妹托付于你,不知五爷意下如何?"

那五连连摇头:"使不得,使不得,这万万使不得的!"

杨德才愣了愣:"难道五爷已另有所爱?"

那五还是摇头:"哪里哪里!只是我上无老、下无小,家徒四壁,就怕委屈了你春花妹子……"

杨德才一听,大笑道:"不妨不妨,我妹妹可没那般娇气。既然五爷这么说,那我看这事就这么定了吧?"

打那,街坊们就发现那五家多了个漂漂亮亮、手脚勤快的小媳妇,那五和春花两口子恩恩爱爱,日子过得平淡而充实。

秋去冬来,北平城一天冷过一天。

这天,那五在街上称了几斤新絮,打算让胡同口新近搬来的大胡子王裁缝帮春花做件新棉袄。他来到王裁缝铺头,却见不到人,等了许久,仍不见王裁缝回来,只好回家。

刚走近家门口,那五隐约听见屋里头传出低低的谈话声,他以为是杨德才来了,心中一喜,连忙叫春花开门。可谁知进屋一看,却只有春花一个人。

那五纳闷地问:"春花啊,你刚才和谁说话呢?"

春花摇头道:"没有啊,我一个人在家,和谁说话啊?"

那五以为是自己耳朵听茬了,当下也没在意,该咋还咋着。

奇怪的是第二天早上,那五醒来,刚睁开眼睛就吓了一大跳,只见春花左脸颊上赫然有一个红红的手印。他心疼得要命,一边帮春花抚摩,一边着急地问:"春花,这是咋的啦?"

刚开始杨春花什么也不肯说,后来经不住那五软磨硬泡追着问,才对那五说:"是你在梦游时给打的啊!"

那五一听,目瞪口呆:活了几十年,咋不知道自己有这毛病呢?

怎么办?看春花这身子,就是有几条命也不够自己打啊;况且真要这样,不知还会惹出什么荒唐事来呢!

那五冥思苦想,终于想出一个法子。就从这天晚上开始,每天睡觉前,他就让春花用绳子把自己手脚捆住。这办法虽然苦了那五,可倒也管事,春花再也没挨过那五的打了。

过了不久,这天三更,小夫妻俩正在熟睡,突然有条黑影从梁上跳下来。

那五听到风声,顿时惊醒,却见来人竟是胡同口的大胡子王裁缝。

王裁缝拿把刀架在春花脖子上,恶狠狠地对那五说:"想要保全你老婆的性命,就乖乖地听我的话。"

那五生怕他伤害春花,连忙点头应道:"有话好说,有话好说。你要银子么? 就在柜子里面,你自己去拿吧!"

王裁缝"嘿嘿"冷笑道:"银子? 老子银子多的是,这玩意儿老子不稀罕。说,那东西在哪?"

那五疑惑地问:"什么东西?"

王裁缝鼻子一哼:"你少装蒜!说,练刀枪不入的秘籍,你藏在哪里?"

那五一听,哈哈大笑起来:"原来你是冲那本破玩意儿来的呀,值得这么费神么? 就在你脚底下的青砖下面,你自个儿快点拿去吧,省得扰了我们瞌睡。"

王裁缝对那五的话将信将疑,他试探着踮起脚尖,朝脚底下的青砖一捻,没想那块青砖果然有些松动。他心中一喜,立刻用手里的刀往青砖角上一挑,那青砖便飞了开去,一看,下面果真有本面皮发黄的小册子。

王裁缝欣喜若狂,狂笑数声,抓起小册子,立刻穿窗而去。

春花看着王裁缝的背影惶然道:"五啊,都怪我捆住了你的手脚,害得你丢了秘籍,这可怎么办才好?"

谁知那五却朝春花轻松一笑:"只要你没事就好啊!"

春花听罢,感动得泪水直流。

转眼间到了第二年春天,得知春花有了身孕,那五高兴得像个孩子似的,成天手舞足蹈,逢人便说自己要做爹了。然而春花却好像有什么心事,时常闷闷不乐。

这天夜晚,夫妻俩正要上床睡觉,突然春花眼睛一红,哽咽着对那五说:"五啊,事到如今,我不忍心再瞒你了。我……我不叫春花,那个杨德才也不是我的什么哥哥,他是翟豹的师弟。我是天津卫怡春院里的妓女,是杨德才帮我赎了身,他要我嫁给你,其实是要我帮他找那本秘籍……我找不到,他就化装成大胡子王裁缝来到北平城……说你梦游打我,让我把你的手脚给捆起来,这其实都是他的主意……五啊,你狠狠打我吧,我对不起你呀……"

春花说到这里,又羞又恨又愧。

可谁知那五听了春花这番话,不但不生气,反而开心地笑了起来。原来,他等这一天已经等得很久了,这证明春花是真正爱自己的呀!

其实,那五早就觉察出春花不对劲了,那天春花脸上的手印,他一看就发现明显不是自己的。但他又很爱春花,所以不想就此拆穿一切。至于王裁缝就是杨德才化装的,这点倒有些出乎他意料。他一点也不遗憾杨德才抢走秘籍,就算这个姓杨的照着秘籍练上一辈子,也练不成刀枪不入的绝活。为啥呢?因为那五早就预感会有这么一天,所以老早就准备好了一本假秘籍放在那里了……

据说,没多久那五和春花两口子就搬出了北平城,没人知道他们去哪了。只知道他们离开的时候,脸上挂着幸福的笑容……

(金为冰)

(题图:黄全昌)

侠 义 真 修

所谓侠骨柔情,是有奋节显义、危躯成仁,重气轻命的气节,更是有"事了拂衣去、深藏身与名"的风范。

刀侠

几百年前，华北一带有一个很出名的刀客，叫瞿正阳，因为武艺高强，凭一口单刀行侠仗义，所以人称"夺臂大侠"。这独臂大侠惩治坏人的方法非常独特，如有恶人犯在他手里，定会丢一只手臂；如若再犯，定会双臂全失。

一日，瞿正阳来到一个县城，行走间忽觉有些饥饿，便在一小摊上坐定，要了一碟包子充饥。就在此时，街上突然骚动起来，只见几十个佩刀家丁正威风凛凛地向这边走来，领头的是个华服少年。

这当口，一个瞎了眼的卖艺老汉和他的孙女正好横穿过路，老汉因为看不见，不巧一头撞上了华服少年，立刻一个踉跄跌倒在了地上。周围人见了，不由自主地惊呼起来。可是那少年却挺知礼,上前一把将老汉扶了起来。瞿正阳正好抬头把这一切看在眼里,不觉对少年心生好感。

他叫过摊主,问道:"小哥,这少年何许人也?"

摊主叹了口气,告诉瞿正阳说:"不瞒你说,这是俺们县太爷韩大人的公子。要说这个韩大人,那可是大大的清官,爱民如子啊! 可他这位公子……"

摊主刚说到这里,眼前的一幕却突然发生了变化:那少年竟冷不丁抓住瞎眼老汉的两肋,举臂一振把他抛到一辆两人多高的稻草车上。瞎眼老汉吓得趴在车上直打哆嗦,而少年却与他的家丁们在车下哈哈大笑;瞎眼老汉的孙女气得立刻冲上去,抓起少年的手臂张嘴就咬,少年大怒,一脚将小姑娘踹倒在地上。

瞿正阳万万没有想到少年竟会做出这等事来,不禁猛地站起身来,朝那少年怒喝一声:"你这个娃娃,赶紧将老人放下来,给他磕头赔礼,我方可饶你。"

那少年听得瞿正阳猛喝,回过头来上下打量他一番,冷笑道:"嘿嘿,你是哪根葱,敢管本少爷的事? 我今天高兴,想咋样就咋样。哼,知趣的赶快给我滚蛋,不然我可耐不住性子。"

瞿正阳闻言大笑道:"是吗? 那你就放马过来吧!"

"你这等货色还容不得我动手?"少年此话一出,但见他手下十几个家丁立刻拔刀将瞿正阳团团围起。

谁知瞿正阳声色未变,只是将身子稍稍晃动一下,刀也并未出鞘,可那十几个家丁却都已躺倒在地上动弹不得了。少年见得此状再也不敢轻敌,拔出刀来对准了瞿正阳。瞿正阳正要抽刀出鞘应战,但看到少年手中那把刀,却一下子愣在了那里。

少年见了得意忘形道:"怪不得我参让我时刻佩戴此刀,原来它竟有如此威力。哼,看刀!"言罢,挥刀就朝瞿正阳砍来。

瞿正阳为啥愣在那里? 原来他发现,少年使的这把刀,正是他们瞿家的独门夺臂刀。这怎不让他惊讶万分?

就在此时,忽然响起一声断喝:"畜生,赶快住手!"

但几乎是与此同时,少年手起刀落,瞿正阳一条臂膀被齐刷刷砍了下来,人随即昏死过去……醒来时,瞿正阳发现自己躺在一卧室之中。他惊讶地忍痛坐起,见床下跪着一中年男子,仔细一看,不禁倒吸了一口凉气,身子也打起晃来。

那中年男子闻听动静抬起头来,忙起身相扶:"恩公还是躺下,万不可再出差错。"

瞿正阳看了他一眼,仰天长叹道:"如此说来,他……他就是……是我的福儿?"

真是说来话长,这事情还要从十八年前说起。

当时,瞿正阳与一女子彼此相爱,后来那女子产下一子,取名福儿,可女子自己却不幸难产而死。瞿正阳一个浪迹江湖之人,怎能到处带着福儿?于是便将福儿交付一个叫韩玉堂的书生照管,临别前将自己一套刀谱和一把心爱的宝刀留给了儿子。因为瞿正阳曾经救过韩玉堂的命,所以韩玉堂答应瞿正阳,一定会将他的福儿当成自己的亲骨肉来抚养。只是后来韩玉堂考取功名做了官,不久之后又应召去千里之外的县城当了县老爷,瞿正阳就再也没有遇见过他。不想今日竟有这般巧事,他竟是以这种方式见到福儿,见到韩玉堂,这令瞿正阳感慨万分。

韩玉堂当即提议瞿正阳和福儿,也就是那个华服少年,父子相认,可瞿正阳坚决地回绝了,还嘱咐韩玉堂在福儿面前绝口不提此事。

一晃三个月过去了。这三个月里,瞿正阳借口养伤,把自己关在屋子里未走出半步,也很少说话,韩玉堂再见到他时,发现他的一头黑发全白了。韩玉堂知道瞿正阳心里的苦楚,可又不知道自己该怎么办。

这一日,韩玉堂正在后堂批阅卷宗,忽听得一阵击鼓声自堂外传来,便立刻更衣升堂。来到大堂之上,见下面所跪之人竟是只剩了一条手臂的瞿正阳,韩玉堂不禁脸色大变,不知道他这是要干什么。这时候,大堂门外已经聚拢来不少围观的百姓,韩玉堂一眼瞥见那个卖艺的瞎眼老汉和他的孙女也在其中。

只见瞿正阳单臂扶地,正言道:"我与大人乃生死之交,但今日告状之事,望大人秉公办理,可否答应?"

韩玉堂心里一惊:难道他想告福儿?他总不至于把自己儿子告上堂来吧?他朝瞿正阳苦笑道:"本官……本官答应你便是。可不知……不知你要状告何人?"

谁知瞿正阳果然道:"请大人传福儿到场。"

韩玉堂惊呆了,哭丧着脸暗自直摇头,可他没有理由不答应啊,只好命人去后院传福儿。

不大会儿工夫,福儿来到了堂上,一见瞿正阳,就指着他鼻子大骂:"你这家伙,你懂江湖规矩吗?明明打不过人家,便来告状,也不怕被人耻笑?早知如此,当时还不如一刀结果了你。"

"畜生,快住口。"韩玉堂急得"呼"地一下站直了身子,喝令福儿,"你还不快快给我跪下?"瞿正阳不认福儿,也不让他把事情说穿,这让他为难不已,真不知道这案子该如何了断是好。

不料这时瞿正阳却对他道:"大人,我告的不是他,让他坐一旁听审便是。"

韩玉堂一听,又是一惊,他实在猜不透瞿正阳今天到底要干什么,于是赶紧让福儿退到一旁坐下,然后问瞿正阳道:"瞿大侠,你到底要状告何人?"

"大人,"瞿正阳说,"我要告的,是夺臂大侠瞿正阳与本县县令韩玉堂。"瞿正阳此言一出,满堂皆惊。

正坐在一旁的福儿"腾"地从椅子上蹿起来,指着瞿正阳的鼻子吼道:"你这家伙,我爹和瞿大侠同你有什么过节?"

瞿正阳稳了稳神,把头转向福儿,说:"福儿,你在一旁坐定,听我把话讲完,你自然就会明白。"

瞿正阳于是便将十八年前的往事从头至尾讲述了一遍,然后掉头跪向大堂门口的百姓:"各位父老乡亲,想我瞿正阳行侠多年,就犯下了一个大错,致使我儿子福儿成了祸害百姓的罪人,我实在枉为人父。而韩玉堂韩大人为了报我救命之恩,十几年来对福儿溺爱有加,这其实也犯下了大错。福儿年纪尚小,心本不坏,只是不通事理,还望各位给他一个机会。而且,想必经过这次教训,他以后定能幡然悔悟,我在这里替福儿给各位磕头了!"

言罢,瞿正阳一头磕在了地上。

堂上的韩玉堂此时早被瞿正阳一番话震惊,一步从堂上下来,跪在了瞿正阳旁边,跟着磕起头来。

听得此番述说,见得此番场景,福儿震惊得面如土色,傻傻地瘫坐在椅子上,好似丢了魂魄一般。猛然间,他放声大哭起来,跪着爬到两个父亲面前。

福儿一把抱住瞿正阳,哭着说:"我以前只知道瞿正阳于我家有恩,实不知您就是我亲生父亲,孩儿真是罪该万死,爹……"

瞿正阳摸着福儿的头说:"孩子,爹不怪你。不过,你今天对百姓们必须有个交代。"

福儿点点头,想了想,抬起头来对围在大堂门口的乡亲们说:"各位长辈,我以前所做之事真乃畜生所为,我知错了。"

他看到人群中那卖艺的祖孙俩,又道:"爷爷,小妹,我……我向你们赔礼了!"说着,他朝他们一连磕了好几个响头。

那卖艺的瞎眼老汉顺着声音摸过来,扶起跪在地上的福儿说:"娃啊,知错能改就好,以后准是条好汉哪!"

他又摸摸索索地把瞿正阳和韩玉堂从地上拉起身来,说:"瞿大侠,县太爷,你们俩一个是伸张正义的侠客,一位是爱民如子的好官,老百姓怎么会责怪你们呢?"

"是啊,是啊!"围在大堂门口的百姓纷纷应和。

瞿正阳感动得几乎要掉下泪来，他悄声对韩玉堂说："大家的情我们领，可事情总归要有个了结。大人，现在该宣判了。"

韩玉堂听了点点头，大步跨回堂上，正言道："韩玉堂、瞿正阳听判。听方才原告之述，两人罪过确实不小。但念瞿正阳乃正义之士，现又残疾，判牢中悔过三日；韩玉堂身为父母官，知国法却不知家法，识小义却不识大义，罪上加罪，故免去知县之职，塞外充军三年。判毕。"

韩玉堂话音刚落，福儿就大声嚷嚷起来："大人，我不服。"福儿言道，"一人做事一人当，我不能连累二老。请大人明鉴。"言罢，双膝一屈，跪在了地上。

瞿正阳立即走到福儿跟前，说："既是宣判，已不能更改。孩子，希望你今后能真正重新做人，也不枉我们此番苦心。"他沉吟着，"不过，最后还有一件事情必须要办，办完之后，我将退出江湖，永不持刀……"

说到这里，瞿正阳语速明显慢了下来："儿啊，你应该知道，我们家的夺臂刀，是除恶扬善之物，每回惩治恶人，必要取之一臂，目的就是要令其永记于心，以后不敢再犯。所以你……你今天也不能例外……"瞿正阳说到这里，没容福儿说话，就立刻单手出了刀。

只见一道白光闪过，福儿的一只手臂被生生地砍落在了地上。

事情过去了很多年之后，瞿正阳早已老了，韩玉堂去塞外充军生死未卜，福儿断臂后也失去了踪影。可是据说，江湖上后来出现了一个独臂人，手里那把刀使得出神入化，关于他的侠义之事数不胜数，比起当年的瞿正阳来有过之而无不及。

人们称他为独臂刀侠。

（李　健）

（题图：黄全昌）

老樵夫

　　荆州城有个蒲庙镇，这天正赶上庙会，人山人海，热闹非凡。

　　时近晌午，街上突然来了个公子哥模样的后生，手拿一根熟铜棍，边走边舞，吓得来往行人四处躲闪，街上顿时乱成一片。

　　这一乱，惊动了一个老樵夫，这老樵夫大约六十来岁年纪，身材瘦小，一双眼睛却是炯炯有神。

　　老樵夫一看这情景，怕后生伤着人，就走上去伸手抓住了后生手中的熟铜棍，说："后生家，舞棍打拳应到空地上去，这可是在街上……"

　　谁料他话还没有说完，那后生突然松开双手，抱拳道："好，你有种。我在腾蛟武馆备下一桌酒席，请你赴宴，咱们不见不散！"说完，扬长而去。

老樵夫愣了一下，摇摇头，转身要走。

一个卖甘蔗的中年汉子拦住了他，问道："我看老哥你是外乡人吧？你可知道，刚才这后生家是腾蛟武馆的少馆主，名叫严飞虎，人称'荆州无敌'。他们严家有四个兄弟，个个武艺高强，就连四个媳妇也个个身怀绝技。这少馆主经常到街上来舞枪弄棒，一来是摆威风，二来是找人茬，谁要是接了他手里那根熟铜棍，就等于接受了他的挑战。所以，他今天请你赴宴是假，要和你比个高低才是真啊！老哥，你闯大祸了！"

老樵夫一听，眨眨眼睛说："那我走还不行？"

中年汉子瞪他一眼："走，你走到哪里去？这是人家的地盘。"

老樵夫急了。

中年汉子劝老樵夫道："我看老哥你还是赶紧儿去腾蛟武馆求情吧，多讲几句好听的话，说不定他也就不为难你了。"

也许是老樵夫想想这话有点道理，赶紧谢过中年汉子，急匆匆奔腾蛟武馆而去。

可谁知越急越出事，在一个拐角口，老樵夫却与一个年轻的乞丐撞了个满怀，只听"啪"一声，乞丐的讨饭碗应声落地，被摔了个粉碎。

老樵夫急得直跺脚："今儿个我这是中了什么邪啊？一桩没解，一桩又结上了。"

谁知乞丐不但没有发火，反而朝老樵夫笑笑说："没事，没事……我见老哥你神色匆匆，这是奔哪儿去呀？"

老樵夫叹了口气，就把刚才的事如此这般说了一遍。

乞丐听完，满脸怒色，想了想，在老樵夫耳边嘀咕了几句。

老樵夫一脸犹豫："这行吗？"

乞丐拍拍胸脯说："老哥，怎么不行？你就等着看好戏吧！"

两人于是一起来到腾蛟武馆，几个彪形大汉早已在门口恭候,见他们来了,便引他们进了客厅。

老樵夫抬头一看,只见客厅正中摆着一张八仙桌,桌上三面放着木凳,而上首客座则是一把藤椅。这藤椅可不一般,四条腿四把钢刀,中间还插着一把,五把钢刀组成了梅花形,而且刀尖全部朝上。

一个大汉指着藤椅对老樵夫说:"请上座。"

话音未落,那乞丐抢前一步说:"师傅,每次做客都是您坐上座,今天就让徒儿坐一次吧!"说完,他就大大咧咧一屁股坐到那把藤椅上。

老樵夫见乞丐坐下后身子稳稳当当,脸上一点不改色,这才舒了一口气。

就在这时,突听侧厅响起一声:"上茶!"只见娉娉婷婷走出四个女人,每人手捧两杯茶来到八仙桌边,脚尖轻轻一点,飞身跃起丈余,将手中茶杯放在了房梁上,然后又齐齐落回地面站定,说道:"客人,请用茶。"

好家伙,将茶杯放到梁上,然后叫人用茶,这不成心为难人吗?

就在老樵夫哭笑不得的当儿,就见身旁人影一晃,那乞丐人已蹿起一丈多高,左手伸直,右手一扫,他将八只茶杯全部送到自己左胳膊上,跟着身子又轻轻落回原处,左手一抖,只听"哚哚哚哚……"响声不歇,八只茶杯平平稳稳在桌面上一字排开,杯中茶水一滴未洒。

乞丐这一手,顿时将在场的人全镇住了,个个惊得目瞪口呆。

一个大汉急忙进去禀报:"爷,这武还比不比了?"

少馆主严飞虎本来是要等着看老樵夫的好戏,没想对手的徒弟就这么厉害。可总不能就这么甘拜下风啊?他猛地一拍桌子:"一个小徒儿有什么好怕的? 我才是'荆州无敌'。比,当然要比!"

于是,老樵夫和乞丐被请到了武馆的练武场上。他们抬头一看,好家伙,十八般兵器一应俱全,周围齐刷刷站着百十来号人。

老樵夫见了这架势,悄声问乞丐:"你到底行不行啊?"

乞丐眉头一扬:"没事,瞧我的!"

只见乞丐走到场子中央,往那儿的一张石凳上一坐,那石凳竟"喀嚓嚓"断为三截。他见场边有个石锁,就又走过去,假意提鞋,抬起左脚往上一踏,只听"咯"的一声,那石锁又碎成了几块。

这一来,别说是前来看热闹的人傻了眼,就连严飞虎的父亲,腾蛟武馆的老馆主,也被镇住了。

老馆主见苗头不对,连忙对老樵夫抱拳施礼道:"老英雄,都是犬子太顽劣,得罪之处,还望您老人家多多见谅!"说完,客客气气将老樵夫和乞丐请进客厅,重摆酒菜,并让儿子、儿媳都出来作陪……

乞丐充当老樵夫徒弟,一举折服"荆州无敌"严飞虎,他心里非常得意,加上严家众人轮番奉承敬酒,酒过数巡,就不禁有些飘飘然起来。

待散席时,已是天近黄昏。出了腾蛟武馆,老樵夫和乞丐边走边聊,不觉来到一条山道上,这里路很窄,两边都是万丈悬崖。

乞丐半开玩笑说:"老哥,你可要走好了。要是从这里掉下去,我倒是死不了,可你就要粉身碎骨了。"

谁知老樵夫笑了,说:"我看也不见得呀,不信咱们试试?"

乞丐连连摇手:"不行,不行,可不能开这样的玩笑……"

可乞丐话音未落,老樵夫却"哈哈哈"一阵长笑,竟纵身一跃跳下了万丈悬崖。

片刻,远远地传来老樵夫浑厚的声音:"青山不改,绿水长流。年轻人,咱们后会有期!"

乞丐顿时惊得一屁股跌坐在地上,酒全醒了……

(金为冰)

(题图:黄全昌)

十年寒窗图的啥

　　陈方雨是一个勤奋博学的书生,苦读十年,终于择日离乡赴京赶考,一路风餐露宿自不必说。

　　这天,他经过一片黑压压的树林时,忽然被几个强盗拦住。那强盗二话不说,上来就抢东西,陈方雨拼命抓住包裹不放,强盗火了,举刀就要砍。

　　就在这万分危急的时刻,从他们身后呼啸着飞来一粒石子,只听"铛"的一声,石子竟不偏不倚正好击在强盗的刀口上,击得火花四溅,强盗手一麻,刀掉在了地上。几乎是在同时,树林中飞出一个人影,落在他们面前,是个满面虬须的瘦削汉子。

　　汉子对一帮目瞪口呆的强盗喝道:"还不快滚?"

　　强盗知道遇上了高人,当下四散逃去,惊魂未定的陈方雨赶紧上前拜谢汉子。

汉子上下打量了陈方雨一眼，说："看你像是个来赶考的书生，我问你，你十年寒窗，千里赶考，图的是个啥？"

陈方雨道："富国安民。"

汉子点点头，眼中流露出一丝赞许之色："这么说来我没救错人！我生平最恨贪官污吏，只要遇到，我就见一个杀一个，见两个杀一双，绝不放过。希望日后我俩再见之时，你已经是个清正廉明的好官。"说罢转身离去，眨眼就消失在了黑夜之中。

时间过得飞快，陈方雨日后果然有才，金榜题名后即被派往山阴县任知县。陈方雨踌躇满志地赶去上任，可刚到那里就被告知，前任知县不久前被一个叫"独飞侠"的杀了。那独飞侠是在一个月黑风高之夜悄无声息潜入县衙下的手，衙役们直到第二天天明时才惊恐地发现知县成了无头鬼。这还不算，独飞侠临走前还用知县的血在墙上写下"贪官下场"几个龙飞凤舞的大字，而且大模大样地署上了自己的名字。

陈方雨没想到衙门里也会发生凶案，要是不把这个独飞侠逮住，自己这个新县令说不定迟早也会成为他的刀下之鬼。

这日子夜时分，陈方雨正伏案苦苦思索着这起来无影、去无踪的凶杀案，忽见案前轻飘飘落下一人，那人黑衣黑裤黑面罩，轻扬如羽，弹跳如飞，陈方雨大吃一惊，但仍端坐在那里。

蒙面人口中"咦"了一声，显然他很奇怪陈方雨如此镇定。蒙面人对陈方雨说："你见我突然造访，为何不叫护卫？"

陈方雨强压住心里的惊慌，说："叫了又怎样，就凭你这般身手，他们又怎能奈何得了你？"

蒙面人点点头，忽地把蒙在头上的面罩一揭，朝陈方雨点点头，说："你看看，我是谁？"

陈方雨仔细一看，认出来者竟就是当初赶考路上救自己一命的汉子，当下离座倒头便拜，口中连称："恩公，想死我了！"

汉子一把把陈方雨扶起。

陈方雨赶紧请恩人落座,又亲自为汉子泡上一杯香茶。他问汉子道:"恩公,你深夜来此,可有重要之事?"

汉子朝陈方雨微微一笑,说:"顺路来看看而已。你新官上任,可谓清清白白无一丝污秽,来日方长,切勿忘了昔日说过的话。我这就告辞了!"说毕,一扬脖子喝尽杯中茶,起身就要走。

陈方雨急了:"恩公,有一言我不知当讲不当讲?"

"怎么不当讲?"恩公朝陈方雨点点头。

陈方雨说:"恩公不如就此留下,你我同享荣华富贵多好!"

汉子一听立刻摇头:"那不行,我还有好多事要做⋯⋯"

正说到这里,汉子身子忽然摇晃起来,腹内痛如刀绞,他疑惑地抬头一看,刚刚还一脸诚恳地挽留他的陈方雨,此时却脸色陡青地瞪着他。

只听陈方雨冷喝一声:"独飞侠!"

汉子不由自主地应了一声,忽又醒悟过来,吃了一惊,拼命站直身子,指着陈方雨说:"你⋯⋯你怎么知道我是独飞侠? 刚才那杯茶里,你到底放了什么?"

陈方雨冷冷地说:"这很简单。第一,独飞侠杀我的前任时来去无踪,而我刚才有幸亲眼目睹了你的身手,果然轻似飞燕;第二,你说过生平最恨贪官,若见之必杀,而我的前任就是一个大大的贪官,所以你杀他的嫌疑最大;这第三嘛,你对县衙深宅庭院轻车熟路,想必以前来过;加之刚才我叫'独飞侠',你竟然答应了。你还有什么话可说?"

汉子愣愣地看着陈方雨,目光复杂极了。只听他感慨地说:"我没看错人,你果真是个精明过人的角色,日后好好为官必成大器,只是可惜⋯⋯"

陈方雨阴沉着脸问:"可惜什么?"

汉子大声吼道："可惜你没走正道！你这样的人，只怕比你的前任更贪婪十倍，更狡诈百倍，凶恶至极，我必除之！"

陈方雨一听，得意地说："你怎样除我？告诉你吧，我已经在你喝的茶里下了'酥骨散'，我相信此刻你的四肢已瘫软如绵，只怕再走上一二步都不行了！"

那汉子正痛得汗如雨下，他仰天长叹一声："唉，想不到我竟会死在你这样一个阴毒小人的手上，我太大意了！不过死之前，我尚有一事不明：你为什么要杀我？我救过你的命，我是你的恩人啊！"

陈方雨哈哈大笑道："你问我'为什么'？我且问你，我十年寒窗苦，图的什么？天下那些想当官的，个个锥股悬梁，他们图的什么？那些当了官的个个小心翼翼，又图的什么？不都是因为一个'钱'字吗？和我一起考中的同仁，他们还在京城苦苦等候着官职空缺，而我却立刻上任了，这又是为什么？不就是我眼明手快送了银两吗？我这次若放了你，日后必死于你手，可我这次要是逮住了你，却可以一鸣惊人……"

陈方雨正侃侃而谈，汉子忽然冷冷打断了他："陈县令，你知道你的前任是怎么死的吗？你只知道他死在我的刀下，可你是否知道他其实也身手不凡？所以最后我是不得已，射了他一枚毒针，方取了他的狗命。那毒针见血封喉，立毙无救，现在它正含在我的口中。不信你看——"

汉子说到这里，全身血脉贲张，突然他朝陈方雨嘴一张，魂飞魄散的陈方雨只看到眼前有一物飞来，还没闹清是怎么回事，就立刻什么也不知道了……

直到第二天天明时，衙役才发现他们的新任县令早已气绝身亡，倒在地上。同前任不同的是：他的头还在颈上，他身旁还倒着一个瘦削的汉子。

（立　里）

（题图：谢　颖）

真正的大侠

这天，萧州城有个人，左手托着个茶壶，右手拿着把洒金折扇，喝醉了酒似的，在大街上歪歪斜斜地走着。突然他脚下一滑，直朝一个白衣女子撞去，只听"咣当"一声，那人的茶壶跌落在地，摔了个粉碎，一时茶水四溅。

听到响声，众人的目光一齐聚拢来，然后全都吸了一口凉气：此人姓朱，名大少，全萧州城最有名的泼皮！看来这回白衣女子怕是要吃不了兜着走了。

果然，朱大少用扇子一指那女子，叫了起来："你这小娘子，眼睛长哪去了？怎么偏偏往我身上撞啊？"

白衣女子急了，立即细声细气地辩解道："这哪能怪我呢？明明是你故意撞我的嘛……"

　　那女子不开口还罢,一开口朱大少反倒乐了,听口音那女子是外地人,这下更好欺负了。

　　只见朱大少把鸡蛋大的眼珠子一瞪,恶狠狠地喝道:"我撞你?我一个大老爷们会撞你?明明是你走路想心思,不长眼睛撞上了我。不信,你问问大伙?"说着,他抬眼朝四下一扫。

　　众人都没有声音。

　　白衣女子一看这阵势,明白了,说:"既然这么着,你到底想怎样?"

　　朱大少"嘿嘿"一笑:"我也不想怎么着。自古以来杀人偿命、欠债还钱,你就赔我这把茶壶吧!不多,二十两银子。"

　　众人听了暗暗吐舌头:二十两银子可以买一船的茶壶了,这外地女子今天怕是逃不过这一劫了。

　　却听那白衣女子依旧淡淡地说:"要是我拿不出这么多银子呢?"

　　朱大少立刻摇头晃脑道:"那你就陪大爷我一个晚上,二十两银子一笔勾销。怎么样?"原来朱大少打的是这个主意!

　　只见那白衣女子不再吱声,而是低下头寻思起来。

　　朱大少正要再次逼问,却见白衣女子猛地抬起头来,字正腔圆地说:"要是我既没银子又不陪呢?"

　　朱大少顿时脸色一变,冷笑道:"那就别怪你大爷我不客气了!"说着,他伸出蒲扇般的大手,就要抓白衣女子。

　　就在这时,忽听有人大声说:"慢,这钱我给!"

　　说话间,人群中走出一个人来,众人一看,原来是个卖柴的樵夫。只见他大踏步走过来,放下柴火,从身上取下褡裢,打开,一五一十地数出二十两白花花的银子。

　　这回轮到朱大少吃惊了,他万没想到这萧州城里居然还有人敢拆他的台,一张脸这会儿就像开了染坊似的,一会儿白,一会儿青。可话已说出去了,当着这么多人又不好反悔,只好闷哼一声,抓过银子说:"一个穷打柴的,你有种,大爷记下你了!"说罢,扬长而去。

樵夫也不多言,挑起柴就走。可是走到城外东山脚下时,他发现身后有人跟踪,回头一看,却是那白衣女子。

樵夫站住了脚,等白衣女子走近,便说:"姑娘,你用不着谢我,还是赶你自己的路去吧!"

白衣女子盈盈笑道:"大哥误会了,我不是来感谢的,大哥也不是那种施恩图报的人。只是天色已晚,我怕那泼皮还会纠缠,所以央求大哥好事做到底,收留我一宿,明天一早便走人,好不好?"

白衣女子这么一说,樵夫只好点头。于是,他埋头在前面走,那白衣女子风摆荷叶似的在后面紧跟。

一袋烟工夫,樵夫闷声闷气地说:"到我家了。"

白衣女子抬头一看,不禁暗暗吃了一惊,只见眼前立着几间房子,篱笆为墙,麦草为顶,连院墙也是用一根根枯竹围成的。白衣女子心存疑虑地问:"大哥家既然如此清寒,刚才却如何拿得出整整二十两银子?"

樵夫憨然一笑,说:"不瞒你说,那二十两银子是我打了好多年柴卖得的全部家当,今天揣在身上,本是要请媒婆为我说一门亲事的,不想……你也别往心里去,山里人有的是力气,再说那银子本是身外之物,还会挣来的。"

白衣女子听了不再多言,只是神情有点异样,问樵夫的大名,樵夫便说叫陈三。

陈三安排白衣女子在东屋睡下后,他自己去了西屋。

入夜时分,月光如水,照得天地一片银白。西屋的陈三由于心里有事,还没有睡熟,忽然听到屋外一阵响动,心里不由一惊,连忙起身。他悄悄趴在窗口,借着月光朝屋外看去,发现来者竟就是那个朱大少。

只见朱大少大摇大摆地推门直入,看到陈三,撇撇嘴问:"听说小娘子跟你回家了?大爷我今晚睡不着觉,实在是想她啊!她人呢?"

陈三知道自己不是朱大少的对手,却还是挺着胸膛说:"有我在,你甭想动她一根手指头!"

朱大少见陈三这个样子,大笑起来,举起油锤大的拳头,略一运气,胳膊上的青筋便根根隆起。他"呼"的一个泰山压顶,将拳头朝陈三砸来。

"不好!"陈三正要躲闪,忽见朱大少突然像被雷劈了一般,身子僵立在那儿一动不动,脸上的表情极为痛苦。这是怎么回事?陈三惊呆了。

只见眼前白光一闪,在东屋睡觉的白衣女子飘然立在了陈三面前。白衣女子对陈三说:"大哥不用怕,这泼皮是不会死的,只是从此以后他就再也不能害人了。"白衣女子一边说,一边从朱大少身上拔出一根头发丝粗细的银针。此针一拔出,朱大少立刻轰然倒地,只是嘴里发不出声音。

眼前这一切,陈三看呆了。

白衣女子朝陈三淡然一笑,说:"事已至此,实不相瞒。我是河西封家的人,因为要办桩大案,才隐匿身份来到此地。本来白天人多眼杂,不想树大招风,这泼皮竟不知死活找上门来。"

陈三惊问道:"你是封家人?"封家武功,天下绝伦,自己居然还一腔侠义地想出手救人家呢,陈三想想觉得好笑。

白衣女子似乎看透了陈三的心思,说:"大哥,为救一萍水相逢的女子,你能倾其所有,不惧生死,这才叫真正的侠者,封家跟你一比,落了下风了!现在我的行踪怕已泄漏,我得走了。"她说着,递过一样东西,正是那根银针。

白衣女子对陈三说:"相救之恩,没齿不忘,日后若有用得着封家的,只凭这根银针,刀山火海,封家也在所不辞!"说完,她抄起泼皮朱大少跨出门去，只身子一晃，就不见了踪影。

这一夜发生的事，对陈三来说就像做梦一样。

第二天，陈三进城卖柴时，得知萧州城发生了一件大快人心的事：泼皮朱大少成了一条"癞皮狗"，弯着腰，弓着背，风吹即倒，往日不可一世的横劲一扫而光。

一晃几十年过去了，陈三已是满头白发的老头儿了，他儿孙满堂，日子过得虽不富足，却也无忧无虑。

这一天，他村里发生了一桩凶事：有个方姓人家年仅五岁的孙子被绑票了，绑票者不是别人，正是一个名唤"青面虎"的歹徒。此人凶狠剽悍，行踪不定，官府抓捕了好几次，均无功而返。那青面虎留下帖子说：十天之内要方家拿出一万两银子，否则撕票。方家尽管家境殷实，但一下子拿出一万两银子，这不是把人家往死路上逼吗？眼看五天过去了，一大家子的人，却是半点办法也没有，一时间，急得老太太要跳井，孩子妈要上吊。

虽然不关自家，但陈三听说了这事，也是急得长吁短叹的。

陈三灵光一现，想起了几十年前的旧事，当即翻箱倒柜找出白衣女子留下的那根银针。几十年过去了，那针依旧银光闪闪。

陈三老了，长途跋涉走不动了，他于是便叫儿子带上银针星夜起程，赶往河西封家求救。第四天，也就是离青面虎约定的最后一天，儿子终于带着封家人赶回来了，陈三不由大喜。

可看着眼前这位封家后人三十开外、白净纤弱的样子，陈三又不禁由喜转忧：与其说他是个身怀绝技的武林高手，倒不如说是个文质彬彬的私塾先生来得更贴切。

那封家后人似乎也看出了陈三的疑虑，当下深鞠一躬，说："先母在世时常念叨您老当年的大恩大德，只恨无以回报，所以明天一战，敬请您老放心，绝不会让您老失望的。"

陈三听他说得如此肯定，这才放了心。是呀，当年那白衣女子看上去不也是弱不禁风的样子吗？可一出手人家就废了那朱大少,看来封家功夫的确是深不可测。

第二天,这封家后生带着方家人和陈三,与那青面虎约在东山的半山腰见了面。

青面虎满脸杀气地问:"银子呢?"

封家后生上前一步,轻声慢语道:"我姓封,河西封家之后,远道而来是想请大王给我一个面子,只要放了那小孩,从此以后你就是封家的朋友……"

封家后生话音未落,只听"当"的一声,青面虎手中的刀落了地:河西封家,谁人不知?想不到自己这一绑架,竟惹出这么个大人物来!青面虎当下心念电转,一拱手说:"既是河西封家出面了,我岂敢敬酒不吃吃罚酒?不过你刚才说,从此以后你我就是朋友,这话是否当真?"

封家后生微微一笑,手一挥,早有人倒上两碗酒来。

封家后生端起酒碗,走到青面虎跟前,说:"东山作证,今天你我喝了此酒,从此以后就是朋友了,日后谁要跟大哥你过不去,就是跟我封家过不去。"说罢,一饮而尽。

青面虎一看,二话不说,也一仰头"咕咚咕咚"喝光了碗里的酒,然后恭恭敬敬地放了"肉票"。

此时,才松了一口气的方家人正要请封家后生下山,身后突然传来一声大喝,却听那青面虎对封家后生说:"兄弟,天下人说到你们河西封家,无不顶礼膜拜,大哥我更是仰慕已久。难得今天有缘,大哥想开开眼,兄弟你露一手如何?"

封家后生听了朝他微微一笑,问:"怎么个露法?"

青面虎拎起刀来,说:"我拿刀跟你讨教两招,只是兄弟你手下留情,千万别伤了我。"

封家后生一点头:"好!"然后一撩长袍下摆,手一伸,摆出个"请"的架势。

封家功夫那可不是轻易能看到的,早已围观上来的众人顿起好奇之心,站在一旁准备大开眼界。

只听青面虎说声"得罪了",然后刀一摆,猱身急进。

封家后生脸不变色心不跳,岿然不动。

青面虎今天是有心要看封家功夫,他这一刀用了十成功力,只听到"噗"的一声响,他手里的刀直插进封家后生的前胸,鲜血立马四溅。

所有人都惊呆了。

青面虎愣了一愣,随即大叫起来:"你不是封家人!"话音未了,他"噗"的一声狂吐一口鲜血,轰然倒在了地上。

封家后生只说了一句:"你刚才喝的酒里,我下了毒。"他也慢慢倒下了。

这人不是武林高手!陈三第一个反应过来,他抢步上前,抱起这封家后生狂喊道:"你到底是谁?你为何要冒充封家之后?"

只见那后生口吐着鲜血说:"我确是封家人,可惜我天生弱质不能习武,真是枉为封家之后。当年大伯救母之恩我时刻铭记于怀,所以此次不愿假封家别人之手回报大伯,只好出此下策了。所幸不辱使命救回了孩子……"

陈三听罢后生这番话,伤心得涕泪横流,他把后生紧紧抱在怀里,悲切道:"孩子,你这是何苦啊?"

封家后生朝他笑着点头说:"家母在世时常对我说,为侠者,滴水之恩当涌泉相报;又说,为侠者,并不专以武功傲世。比如您老,既无武功又身无余资,却能仗义救人,此次相求封家也不是为了自己,这才是大侠之所为啊!我平时深受家母教诲,不想今日竟身临其境见教了!"说罢,头一歪就咽了气。

陈三慢慢放下封家后生,望着眼前巍巍大山,长叹一声:"现在我才真正明白,河西封家为何能绵延百年、威震武林!"

(童树梅)

(题图:黄全昌)

　　明朝末年,汤口小镇来了个做拉面的独臂人,别看他只有一条胳臂,可拉起面来就像玩杂耍似的,看得人眼花缭乱。

　　只见他先将面和成面团,把面团在案板上"啪啪啪"地来回摔打,待锅里的水烧得"咕嘟咕嘟"上下翻滚时,就从和好的面团上揪下一块,"啪啪啪"不停地往案板上摔,摔成长条后,他从案板下拎出一块七八十斤重、乌黑发亮的玄铁,压住长条面团的一头,独臂手就拉着面团的另一头轻轻用力,不一会儿,长面团就被拉成了拇指粗细的粗面条,足有五六尺长。然后,独臂人又把这粗面条的一头再压到玄铁下面,随后又拉着另一头轻轻用力,还没等你回过神来,他那只独臂手的五个指头上,已经全部挂上了粉丝样的面条,只轻轻一用力,这些粉丝面条便齐刷刷地从压着的玄铁处断开，再将手一扬，长长的粉丝面条便不偏不倚飞入滚烫的锅中。

说来也奇，这独臂人的拉面铺开张后，生意出奇地好，人们不但来吃面，光他那手独臂拉面的绝活，就百看不厌。

独臂人在汤口镇拉面的第三个年头，当地闹起了土匪，打家劫舍，无恶不作。可奇怪的是，唯独独臂人家里，未被土匪劫过。

开始，大家还没在意，可时间长了，他们多少看出了点门道。于是，镇上便有了独臂人与土匪勾结的传闻，拉面铺的生意顿时冷清了下来，独臂人于是常常在夜深人静之时站在自家院子里，不住地长吁短叹。

其实，这事情说来话长。

独臂人原籍陕西，祖祖辈辈以拉面为生，到了祖爷爷那一辈，更是悟出了世上独一无二的拉面神功。那块玄铁，据说还是当年铁器时代的镇水之宝，到独臂人的祖爷爷手上，他们专门用它来甩压面团。

有一年，知府派人到祖爷爷家借去玄铁一观，可这一借从此便没了消息，独臂人几次去讨要，都没能要回。独臂人看出知府想黑了自家的传家宝，心里哪能容得下这口气，便在一个月黑风高的夜晚潜入知府家，不得已杀了知府，拿回玄铁。

独臂人知道自己杀了朝廷命官已无容身之处，于是只得投奔这一带人称"小白脸"的青龙山匪帮。独臂人的拉面神功，内行人一看就知道是一种神奇的拉绳武功，所以这独臂人一上山，山上的小白脸立刻推举他为青龙山二当家。可独臂人在山上亲眼目睹小白脸他们的种种劣迹，他很为自己当初的决定懊悔不已，于是就萌生了下山的念头。

这事儿让小白脸知道了，那晚独臂人刚睡下，就被小白脸手下的心腹绑了起来。

小白脸问他："是我对你不好？"

　　独臂人摇摇头,说:"我知道你待我不薄,可你们做的事我实在不敢苟同。如今我去意已定,还望大当家放我一条生路。"

　　小白脸一听独臂人这话,脑子一转,说:"这样吧,你若是能自断一臂,我便放你下山。"他心里说:你就是真走,我也非要你断了臂再走,看你往后还耍什么神功。

　　独臂人一眼就看穿了小白脸的蛇蝎之心,但他丝毫也不犹豫,大喝一声:"拿刀来!"

　　匪徒们都吓得愣在那儿。

　　小白脸也变了神色:"好,天堂有路你不走,地狱无门你自来。我……我成全你。来人哪,给他松绑!拿刀来!"

　　就这样,众目睽睽之下,独臂人眼睛都没眨一下,手起刀落,一条手臂齐根落地,鲜血随之喷涌而出……

　　小白脸和众喽罗虽然杀人无数,可像这样自断手臂的场面还从来没见过,一个个吓得腿肚子直打哆嗦。

　　独臂人用剩下的一只手捂住伤口,回到了自己的住处。他一把抓起桌上做剩下的面团,往伤口上一按,说来也怪,那血立刻就止住了。随后,他用布条将伤口包扎好,背起玄铁立刻下了青龙山。流浪了整整三个月,最后在这个汤口小镇落了脚。

　　可谁知刚刚过了三年安稳日子,小白脸居然就把独臂人找到了。独臂人实在想不通,为什么小白脸不肯放过自己?他心里很清楚,来镇上打家劫舍的土匪,就是小白脸他们。

　　此刻,就在独臂人思忖之时,忽见院墙上飞进一个人来,独臂人仿佛早有准备,丝毫没有怯意,站着一动不动。

　　只见来人落地后双手抱拳,对独臂人说:"二当家好!大当家已经来到汤口,就在小镇背后的牛头山上,他让我来请你上山。"

　　独臂人一听,厉声回道:"什么二当家?回去告诉他,我已经给了他一条胳臂,我什么都不欠他了。"

来人见独臂人说话斩钉截铁,丝毫没有回旋的余地,只好悻悻地纵身跃出院墙,回去禀告。

这以后,一连几天,小白脸并没有再派人来找独臂人,可他们对镇上的骚扰却更加变本加厉起来,甚至还把劫来的东西堆在独臂人的院门前。

这样一来,大家自然对独臂人勾结土匪的传言更加深信不疑。

独臂人气得一怒之下就上牛头山去找小白脸算账:"你为何这么对我苦苦相逼?我不是已经将一条手臂给了你吗?"

小白脸"呵呵"奸笑两声,说:"要我们走也容易,你把你那块玄铁拿出来。"

"你……"独臂人怒视着小白脸,知道他这是醉翁之意不在酒,悲愤地喊道,"你……你还给不给人活路了?"

喊罢,独臂人将手往怀里一揣,又伸手一扬,眨眼之间,五根拉面从独臂人的五个手指间飞出来,带着"呼呼"风声直向小白脸身上罩去。

小白脸立刻惊呼起来:"来人啊!"

立刻,从外面涌进百十来号人,个个持刀拿剑。

可独臂人毫不慌张,只见他飞快地将独臂一扬,一根根拉面便箭一般飞了出去,就像道道绳索,把众喽罗捆了个结结实实。

小白脸本以为独臂人断臂之后无法再施展神功,谁知他的功夫竟然更加了得,没办法,只好"俯首称臣"说了实话。

原来清兵入关后,一路攻城掠地势如破竹,小白脸见大明大势已去,便想趁乱寻一宝贝献给清廷,好给自己弄个一官半职。他想起独臂人手里的那块玄铁,都说是当年大禹爷的镇水之宝,于是便派手下到处寻找独臂人,就这样一路来到汤口。

此刻,从独臂人手里飞出的蛛丝般的拉面,已经把小白脸的身子紧紧地裹了起来。独臂人只将五个手指轻轻一拢,小白脸顿时就被勒得面色青紫,片刻间气绝身亡。

众喽罗吓得面色惨白,纷纷跪地求饶。

独臂人扫了他们一眼,厉声道:"看着,你们以后再敢胡作非为,也是一样的下场!"说完,背起玄铁就下了山。

传说后来独臂人在甄山禅林皈依了佛门,那上古玄铁便成了那里的镇山之宝。独臂人在这一带被传成了神话,不过他的拉面神功后来却一直没有在江湖上出现过。

(于长华)

(题图:黄全昌)

神 指 王

　　城南晓市住着个神指王,他真名是啥,谁都不知道。

　　神指神指,顾名思义,其神奇之处就是在手指上。晓市这个神指王,他练的是"铁砂鹰眼指","铁砂"可谓坚硬,"鹰眼"当然是指准确了。

　　每天鸡叫头遍,这神指王就起了床,身穿白府绸的袍褂、袍裤,脚登黑帮圆口布鞋。来到院里之后,他先来几趟套路,飞、越、腾、挪、击,整个人就好似江中白练,空中翔鹤。套路完了,他到一个大木盆前"净指",用的不是水,是铁砂,双手五指并拢,"嚓嚓嚓"如旋风劈石一般在铁砂中不停地来回击捣,两袋烟工夫,一刻不停。然后,神指王再来到一个大沙袋前,大沙袋是吊在一根大梁上的,他"霍"地伸出双手,中指和食指直逼沙袋,只见一道白光闪过,沙袋上便留下了四个小洞,装在沙袋里的铁砂"刷拉拉"直从洞里往外流。神指王于是就拿起事先准备好的木塞,将沙袋洞口塞住,然后拍拍两手,回房洗漱,天天如此。

晓市街上住的全是棚户人家,一家紧挨一家,你接我的墙,我搭你的檐,几根木柱,几张竹笆,用泥一抹就完事,住的全是最底层的穷人。

有个小孩不懂事,爹娘出去挣活儿,他一个人在屋里玩火,结果不小心把屋棚点着了,火大生风,风助火威,这火立刻就像《三国演义》里的火烧连营,从头天的过午时分一直烧到第二天晌午,二三百户人家都被大火逼着扯家带口走上了逃荒路。还有几十个老的、病的、瘫的,实在没法逃,就只得留在那儿坐以待毙。

神指王看到了,很想帮他们,可拿不出钱来;他又突然想起了典当行,可自己家里能有什么东西可以拿去典当的呢? 他家什么值钱的东西都没有呀!

神指王想来想去,最后还是踏进了晓市一家叫"恒顺"的典当行。

二掌柜刘二一见神指王来,连忙招呼道:"哟,这不是神爷吗? 今天到小店来有何贵干呀?"

神指王说:"我想当点东西。"

刘二一愣:"哟,神爷要当东西? 拿来我看看。"

神指王朝刘二微微一笑:"我想请慕老板亲自过目。"

刘二一听神指王要大掌柜过目,知道他今天当的东西一定非同小可,于是就把慕老板请了出来。

慕老板客客气气地请神指王坐下,问他所当何物。

神指王先开口问道:"慕老板,小弟从来没当过东西,不知哪些可当,哪些不可当?"

慕老板见神指王这么问,喝了口茶,不紧不慢道:"典当图的是与人方便,所以是物都当得。"

"那……"神指王对慕老板说,"我要现洋。"

慕老板一口答应:"可以可以。"

神指王于是跨前三步,说:"好,小弟今天借你这张红木桌子用用。"他说着走到红木桌旁,伸出一只手,朝桌上轻轻地点了两下。刹那间,红木桌上留下了两个圆圆的小洞。

慕老板立刻倒吸了一口凉气,到这时,他才知神指王此番来意。这红木桌是慕家祖上传下来的,现在成了这个样子,慕老板心疼得半晌说不出话来。

神指王笑吟吟地说:"慕老板,怎么样啊?"

慕老板张口结舌:"神、神……"

神指王呵呵一笑:"神又能值几个钱呢?"

慕老板连连恭维说:"无价之宝,无价之宝……"

神指王听慕老板这么一说,便道:"既然慕老板已经看中,我想拿它在你这里当二千大洋。"话音刚落,他右手已抽出刀来,手起刀落一道白光闪过,他左手的中指和食指被齐刷刷斩了下来。

一股冷冰冰、麻辣辣的感觉立刻遍布神指王的全身,而后就是一阵撕心裂肺的疼痛,神指王脸色蜡黄,豆大的汗珠从他脸上滚落下来。

但是神指王没吭一声,他只是对已经看得目瞪口呆的慕老板说:"拜托了……我会来赎当的!"

就这样,神指王拿着慕老板的二千大洋走了……

第二天,晓市街上就搭起了两排棚屋,那几十个老的、病的、瘫的穷家百姓,很快就又有了安身之处,但神指王一家老小却从此没了踪影。

后来渐渐有了传说,说神指王是到城南天门寺落发当和尚去了。很多很多年之后,人们还说,天门寺外那个小村落,住的都是神指王的后代。可那一村人全姓黄,而不是"王",到底是怎么回事,谁都说不清了……

(左　手)

(题图:黄全昌)

谐 趣 江 湖

江湖大了,什么门道都有,有正道,也有歪门。过阳关道,还是走独木桥,就看各家自显神通了。

无穷流毒

时值正午，大侠李赫奉老婆之命，进城去西街肖老头那里买冰糖葫芦。肖老头的铺子是城里老字号的招牌，他那里卖出的冰糖葫芦味道就是不一样。

李赫本想先去衙门处理些差事，没想跟屈捕头多聊了几句，竟过了吃饭的时间。要是买不到冰糖葫芦，回去跟老婆就不好交代了，于是他出了衙门，直奔西街。

走进西街，他突然感到气氛不对：平日里车水马龙的街道，此刻却空空荡荡的，店铺都已收摊，楼房也都门窗紧闭。

他猛地想起屈捕头要他帮忙的那件事：号称漠北"四大毒"之首的"流毒无穷"万厄，最近频频作案，四处散布一种叫"无穷流毒"的毒药，此毒以醋为引，借着醋味可杀人于无形，而中毒者先是咳嗽不止,然后病情不断加剧,最后心肺俱裂而亡。

怪不得人们惊恐成这样,这一定与流毒无穷有关。李赫心中不禁思量起来:这流毒无穷到底是何方神圣呢?

李赫在街上转了一圈,不见卖冰糖葫芦的肖老头,不免有些心灰:看来回去挨老婆一顿骂是免不了了。一想起妻子怪癖的个性,他心里不禁有些发毛。

出城回家,李赫箭步如飞。谁知走到城郊时,突然一声惊喝破天而来,李赫心里一怔,听声音似曾相闻,他立刻循声拐入路旁一片竹林中。只见林子空地上,一个青衫剑客正与一个黑衣人斗成一团,只见青衫剑客大喝一声,他手里的利剑陡然伸长出来,霎时就攻出一十三剑。

李赫认出来了,这青衫剑客正是自己阔别多年的好友,"潼湖十三剑"胡三元。但那个与胡三元斗成一团的黑衣人看上去似乎更厉害,他出刀辛辣歹毒,似乎刀刀要致胡三元死命。

胡三元见李赫来了,急忙呼救:"李兄,快救我!"

李赫当即拔剑,与胡三元前后夹击,一起对付黑衣人。

黑衣人没想半路上会杀出个程咬金来,就这一个闪念的当儿,他手里的刀慢了一步,被李赫一剑穿心,倒在了地上。

李赫将利剑从黑衣人身上抽出,顿时血水四溅。

胡三元一声惊喝:"李兄小心!"纵身扑了过来,将李赫推开去。

李赫一脸不解。

胡三元连忙解释:"李兄有所不知,此人正是四大毒之首的流毒无穷万厄,他散布的无穷流毒毒药,见血就疯长,当真流毒无穷。我已暗中跟踪他一个月了,时至今日,已有百余人死在了他的手上。"

李赫一听,不禁倒吸了一口凉气。

胡三元绕着万厄的尸身走了一圈,对李赫道:"他散步的这种毒药传染途径之广,传染速度之快,简直令人难以置信。有人还说,这种毒在说话的过程中都有可能传开,所以李兄得格外当心啊!"

胡三元说得这么神乎其神,李赫不禁有些将信将疑:"此皆传言,未免夸大了吧?"

正说话间,他突然发现竹林外闪过一个人影,模样与卖冰糖葫芦的肖老头有几分相似。

胡三元见李赫发愣,慌忙问道:"李兄,怎么了?"

李赫脱口而出:"冰糖葫芦……"

胡三元一听,竟吓得向后倒退了几步。

这一来倒是李赫怔住了:"没想到这么些年了,胡兄怕甜的毛病还在?"

胡三元不免尴尬起来:"小时候曾掉进糖缸险些溺死,从此落下此疾,怕是到老都改不了啦!"

两人说着话,眼光又都落到了倒在地上的流毒无穷万厄身上。

李赫想了想,对胡三元说:"还是让衙门的人来收拾他吧!正好,寒舍离此处不远,走,咱俩好好喝一杯去。"说罢,他取出随身带着的信号弹,当空点燃,通知衙役来此。

却说李妻在家中等李赫买冰糖葫芦回来,可李赫出去了几个时辰,眼下早过了吃饭时间,却还不见人影,她不免生起气来,心想着该怎么治他,好让他有个教训。

李妻将桌上凉了的菜又热了一遍,眼珠一转,有了主意。

她走进厨房,取出醋坛,倒了一碗醋。正好这时候,她弟弟傻根咬着手指进来,看见了,便问她:"姐,你在干什么?"

李妻笑眯眯道:"这是给你姐夫喝的,他鼻子不好,分不清醋和酒。最近江湖中流传一种毒药,专门以醋为引。姐吓唬吓唬他,看他以后还听不听话。来,你帮姐姐端出去。"

　　李妻话音刚落,只听前门响动,李赫高声嚷嚷:"老婆,胡兄弟来了。"

　　李妻闻声,赶紧迎出厨房。

　　望着姐姐的背影,傻根"嘿嘿"傻笑几声,眼角突然闪出一道狡黠的光。他从怀里取出一个小纸包,将包着的一堆粉末倒进醋碗里,又拿起筷子搅了搅,这才小心翼翼地把醋碗端出厨房,摆在桌上,随后就咬着手指傻笑着溜出门去了。

　　李赫自然不知这一切,他忙着招呼胡三元入座。

　　李妻道:"不知胡兄弟要来,没准备好菜。我给胡兄弟倒酒去。"说着,进了厨房。

　　李赫知道没把冰糖葫芦买回来,老婆心里肯定不痛快,但碍于胡三元在,她不能发作,于是心里很得意。他端起醋碗,递给胡三元,说:"胡兄,先喝口酒压压惊。那流毒无穷的事,我看也是言过其实,不必放在心上。"

　　胡三元接过碗,醋味扑鼻,这哪里是酒嘛? 他把碗端在嘴边,不知如何是好。

　　李赫以为胡三元客气,便劝道:"怎么,还在为流毒无穷的事心烦么? 大丈夫天不怕、地不怕,没什么大不了的,喝吧!"

　　见胡三元还端着碗在那里犹豫,李赫不快了:"你该不会怀疑这也有毒吧?"

　　胡三元被李赫说得不好意思了,他眉头一皱,猛地把这碗醋往嘴巴里一倒,灌下一大口。

　　可是醋刚入喉,他突然惊喝一声,脸色变得铁青,双手掐着脖子,哑声道:"这醋,有……"话没说完,一阵猛咳。

　　"醋?"李赫打了个冷战,本能地从凳子上跳起来。

　　此时,只见胡三元神色痛苦异常,满脸通红,脖子上青筋直暴,嘴巴微张,想要说什么,可突然又是一阵疯狂的喘咳,那咳嗽声简直让旁人听了撕心裂肺。

　　危急之下,李赫当机立断一剑出鞘,正中胡三元死穴,胡三元气绝倒地,终于解脱了痛苦。但胡三元身上的血喷出来却溅在李赫的脸上,李赫浑身一颤,顿时惊呆了。

　　李妻听到异响,从厨房里冲出来,见此变故,吓得目瞪口呆,手中的酒碗也甩落下来,碎了一地。

　　李赫急忙朝她喝道:"不要过来,醋有毒。"迟疑片刻,竟横剑向自己脖颈抹去。

　　"你……不要啊!"李妻一声惊叫。

　　正在这时,只听"当"一声锐响,李赫手中的剑突然脱手飞出,连同一枚五角棱镖一齐,钉在了他对面的木墙上。只见有一人夺门而入,来的正是衙门的屈捕头。

　　屈捕头惊道:"李大侠,出什么事了?"

　　李赫朝他急吼道:"你别过来,我们都中了无穷流毒。"

　　谁知屈捕头一声叹息,摇头对李赫说:"唉……误传,这都是误传!怪我来迟了一步。"

　　李赫一听,惊呆了。

　　屈捕头愤然道:"中午你刚走,衙门就把那个制造谣传的元凶逮住了。他其实是个醋贩子,为了多赚几个铜板,居然把劣质的山西陈醋卖到我们这里,大伙喝出毛病,又一时找不出病因,恐慌之下,病急乱投医,结果闹出了人命,于是这该死的家伙居然以讹传讹,编出什么无穷流毒这样的混账事来。"

　　李赫听屈捕头说到这里,腿一软,一屁股瘫坐在了地上。他不解道:"那死在竹林里的'流毒无穷'万厄,又是怎么回事呢?"

　　屈捕头黯然叹道:"衙门正打算发布告示,突然接到你的信号,我赶过去一看,那人不是别人,正是假扮流毒无穷的副总捕头。他两个月前离奇失踪,原来是为了立此奇功,假扮流毒无穷,想把真正那个流毒无穷引出来,谁知竟因此丢了性命。我怕加重误会,特意赶来跟你说一声,谁知……胡兄弟他……发生了什么事?"

李赫望着倒在地上的多年好友,无奈地低下了头,许久才有气无力道:"这么说他并没有中毒?可我明明看到他喝了醋之后毒性发作的样子啊!莫非那……"

屈捕头听李赫这么说,不由拿起醋碗嗅了嗅,自言自语嘀咕道:"这醋很新鲜,不像有什么问题啊?"

李妻也觉得这事儿越来越蹊跷:"这醋是我亲手从醋坛里倒出来的,我早上还拿它蘸饺子吃呢,怎么会有毒呢?"

屈捕头问李妻:"除了你,还有谁动过醋坛子?"

李妻摇摇头:"除了我弟弟傻根,不会有别的人。"

李赫闻言,从地上一弹而起,夺过醋碗,用手指沾沾醋,又放嘴里舔了舔,竟破口大骂起来:"傻根,你这个白痴,又在醋里放糖了……"

（丑　时）

（**题图:**刘斌昆）

神偷

宋朝年间，汴京城里有个小偷叫王五，此人偷技出神入化，从不失手，伙里人都叫他"神偷"。

那晚，神偷王五背着一包银两袋子，从一大户人家的院墙上轻轻跳下来，没想脚一着地，就被过路的员外郎李南冰给盯上了。李员外手拿一把折扇，正夜晚外出访友回来，见一个黑影从太守家的院墙上跳下来，猜想是窃贼，顿时心中窃喜：发财机会来了！

没等王五站稳，李员外断喝一声："站住！"

王五心里一惊，心想：都三更半夜了，还有谁会等在这里打我的劫？这地儿上，除了那个专门黑吃黑的李三娘，不会有别人啊？

可听声音，这人不是女的。王五于是慢慢回过头，一看看到了李员外那张一本正经的脸。

李员外指着王五的脑袋说:"你这个飞贼,夜入他人庭院,该当何罪?"

王五并不认识李员外,不知对面这人是什么来路,所以心里有点犯怵。但到手的银子总不能就这么不明不白地丢掉吧?他没出声,心里思忖着对付的办法。

李员外逼近一步,对王五说:"现在有两条路任你挑选,一条是跟我一道去见官府,一条是放下你的钱袋子,给我乖乖地滚。"

王五这下听明白了,眼前这个人是个地地道道打劫的家伙,也贪心得很哪!他心里嘿嘿一笑:"就凭你,还嫩了点!"

李员外看王五不动,急了:"你说呀,你选哪一条?"

王五放下银两袋子,蹲下身,对李员外说:"我们干这路活的,不容易,这袋银子还不足百两,可是为了它,我在这户人家的梁上足足守了两天两夜,又饥又渴,好不容易才等到下手的机会,想不到刚出来,就被你碰上了。"

李员外丝毫不为王五这番话所动,说:"你这话听起来挺可怜,不过你少给我来这套,还不放下袋子快滚!"

王五不急,装出一副可怜兮兮的样子,说:"退一万步讲,这银子就算是我为你偷来的,没有功劳也有苦劳吧?我不求别的,只求先生能让我吃顿饱饭,喝碗热茶,算是赏我的,吃饱喝足了,我就走人。"

李员外一听:王五这话怎么说也有道理呀,人家毕竟是出了力了,得不到银子,弄口饭吃也讲得过去。这么一想,他就带着王五去了自己家里。

王五也着实是饿极了,一口气吃了三大碗饭,又喝了一壶碧螺春茶。

吃饱喝足之后,王五一边用牙签剔着牙,一边四下打量着李员外的屋。只见亭台楼宇,曲径回廊,绿琉璃,红廊柱,甚是可人眼目。

王五心里不禁动起了脑筋,他看似随便地问道:"先生家的生活过得很滋润吧?"

李员外瞥了他一眼,说:"马马虎虎吧。"

王五啐了他一口:"呸,谁还想到像你这样的体面人家,居然对我这龌龊银子有兴趣? 我在心里想呢,什么时候,我来了兴致,带几个兄弟,趁着夜晚,到这里来放一把火,看你以后还滋润不滋润!"说完,他一抱老拳,起身就告辞。

李员外听得王五这番话,顿时白了脸:贼是小人,智过君子。我可千万不能为了这袋银子而因小失大。

想到这里,李员外赶紧抓起银袋子赶上去,一把拉住王五,说:"先生要走,请将你的银袋子带上,我是和你闹着玩呢,你可千万不得当真。能和先生结识,实在是我今生今世的荣幸哪!"

王五却朝他嘴一撇:"这个银子我还不要了呢!"

李员外一听可着急了,死死拉住王五不放:"不要不行,你若不要这个银子,我也就没法安生过日子了。"说着,他让家人备上马车,又把那袋银两装上车,好生将王五送出城去。

王五坐在车上,心里可得意了。马车在城外溜了一圈,他在南门福泉山脚下下了车,等马车走远了,这才转身往北走。

这正是王五的机灵之处。王五的家在城的北厢呢,他怎么可能将自己的真正住处暴露给外人?

从北门出了城,前面是一座大山,有一段长长的夜路要走。不过对王五来说,走夜路是他的拿手好戏。可是他今天活该倒霉,刚走到十里山岗处,忽地从他面前的树上跳下一个蒙面人来,对他喝道:"放下你的袋子。"

月光下,王五一眼看清了蒙面人手里那把闪着寒光的刀子,他心里暗叫一声:"不好,神偷再神,遇上蒙面盗贼也只有认栽了。在这荒郊野外,还是保命要紧。"

想罢,王五小心翼翼地对蒙面人说:"好汉给条生路,你要什么我都给你。"

蒙面人道:"少废话,给我把袋子放下,然后你走人。"

王五立刻将银两袋子扔给蒙面人,说:"请好汉笑纳。"话罢,调头就走。

可刚走了几步,王五又折回来了,带着哭腔对蒙面人说:"我家里有八十岁老母生病在床,这点银子是我在城里亲戚家借来给老母治病用的,我孝敬好汉了,只怕家人说我在外赌了嫖了花了,我只想请好汉用刀子在我衣服上戳几个洞,好证明我在路上遇上了强人,以免不孝之恶名。"

蒙面人想想王五说的也是,于是就让王五脱了衣服,好在他的衣服上戳洞。

王五指着衣服腋下说:"这里要戳一个。"蒙面人就在那里戳了一个洞。

王五又指着衣服肩胛处说:"这里也要戳一个。"蒙面人于是又在那里戳了一个洞。

就这样,蒙面人在王五脱下的那件衣服上,一共戳了十几个洞。

蒙面人说:"行了吧?"

王五犯了愁,说:"衣服上不能光有洞没有血呀,再弄点血上去吧,要不家里人怎么能相信我?"

蒙面人不耐烦了:"你这人怎么这么啰唆?"说罢,他将刀子扔给王五,"你自己弄去吧!"

王五"噌"的一下立即将刀子拿在手上,冷笑一声,对蒙面人道:"现在,你还认得我吗?"

蒙面人恍然大悟,知道自己上当了,他想动手来夺刀子。

王五一声大喝:"别动,要是不老实,让你的脑袋搬家。"说罢,他就将手里的刀子"嗖嗖嗖"地抡起来。

蒙面人见了"扑通"一声跪了下来:"大爷饶命,小的实在是家中过不下去了,才做起这不要命的买卖。请大爷饶了我这一回,下次小的再也不敢了。"

王五将刀往蒙面人脖子上一支,"嘿嘿"笑道:"瞧你这孬种,连你王大爷都不认得,一看就不是干这行当的货色。你要是真有种,就到那些有钱人家里去偷去抢,去显你的本事,在这里小打小闹,对付过往穷人,你算个什么东西?"

蒙面人磕头如捣蒜:"大爷,我算是领教了。"

王五踹了他一脚,又从银两袋里甩给他一锭银子,喝道:"快滚,别让老子见了心烦。"

蒙面人朝王五磕了一个响头,抓起银子落荒而逃。

王五拿了钢刀,再次上路。

走了不到十里地,已是天色微明,曙光乍现。突然,他隐隐听见前面有妇人和孩子的哭声,转过一个山脊,见到路边有座新坟,纸幡招展,冥钱纷飞,一个妇人带着三个孩子正哭倒在坟前。

王五放下手里的刀子,上前询问,这才知道,坟里的男人因为妻女无食,夜晚偷了财主家地里的几根红薯,被财主的家丁乱棍打死,靠众乡邻的帮助,这才草草下埋了。

和王五说着这些,那妇人越发哭得伤心:"以后这日子还怎么过呀?"

王五听得眼睛也红了,提过手里的袋子,把里面的银两"哗啦啦"全倒在妇人跟前,说:"这些够你们娘儿过一辈子了,或者去找点小本生意做做也好。"

妇人似乎被眼前这白花花的银子吓呆了,止住哭,带着孩子跪拜在地。

王五扶起妇人后,豪气万丈地扭头就走,谁知那妇人却在王五背后露出了一丝不易察觉的微笑。王五恐怕做梦也不会想到,这个妇人,竟就是他早就听说却从未谋面的神偷李三娘。

(王前锋)

(题图:黄全昌)

原来如此

明末清初,山西匪患迭起。

晚秋的一天早上,太阳升起老高了,"顺昌钱庄"才打开店门。这时,就见门帘一挑,有个人闪了进来,老板牛玉贵觉得眼熟,可一下子想不起是谁了。

那人对牛玉贵拱拱手,说:"牛掌柜,您老好!"

"你……"牛玉贵还是没想起来对方是谁。

来人便哈哈大笑起来:"怎么,贵人爱忘事,连我也忘记了?我是阎三才呀!"

牛玉贵这才想起:对呀,这不就是常年在大街上摆卦摊的阎三才吗?牛玉贵已经有大半年没见着阎三才了,他今天一大早就上门,一定有事。难道是算卦算出和我有关的什么事了?牛玉贵心里不禁忐忑起来。

阎三才对牛玉贵呶呶嘴,说:"借地方说句话。"

牛玉贵一听,心里更紧张了,于是就赶紧将他引进里屋。

可阎三才仍是不放心,里里外外地看了三遍,这才压低声音对牛玉贵说:"不瞒您说,我这趟出去可算没有白跑。我逮着了一件宝。"

牛玉贵一听不是算卦上的事,顿时松了一口气,便饶有兴趣地追问道:"什么宝?"

阎三才说:"一把剑。"

牛玉贵一听就摇头:"我一个做买卖的,与练把式的从不搭界。"

"不,"阎三才死死盯着牛玉贵说,"怎么不搭界?关系可大啦!"

牛玉贵听不明白了:"这怎么说?"

阎三才问他:"您知道这是把什么剑?是一把能预测未来吉凶的神剑。剑的主人若是要有什么凶事,这剑就能自动发出声响提醒他;如果剑主人在危险来临时仍没有察觉,这剑就会自动跳出来帮主人斩杀对方,完事后自动回它剑套里去。您说,家里要是有这么把神剑,还怕什么匪不匪的?"

牛玉贵才不信阎三才这番话呢,他猜测这家伙无非是想借个由子要钱花,于是就从怀里掏出几钱碎银子,说:"阎兄怕是还没吃早饭吧?先拿去用吧!"

谁知阎三才却朝他摆摆手,说:"我不是向您讨小钱来的,要不是看在您牛掌柜是个大善人,我才不会给您透露这事儿呢!"

牛玉贵愣住了:"那你刚才说的难道是真事儿?"

阎三才笑笑,说:"也是您老的造化,那神剑的主人到咱们这地界儿来了,就住在'顺来客店'。我是琢磨,咱们合手将这人的神剑弄来,您呢,多给我几个利钱,也算我后半生有了着落,您自己也从此再不用为什么匪呀、贼呀的犯愁了。是不是?"

牛玉贵仍是摇头,说:"我一个正经生意人,怎能夺人之好?"

"哎呀,都什么时候了,您还仁义道德呢?得得得,今儿算我白说,我再寻主顾去。"说完,阎三才抬腿就要走。

这一来,牛玉贵就有点动心了,他相信这家伙刚才说的是真事儿了。于是便道:"阎兄,你留步……"

阎三才一看牛玉贵这神情,一听牛玉贵这口气,就知道了他的心思。于是也不多话,就把自己设想好的弄剑法子一股脑儿给牛玉贵说了一遍。

谁知牛玉贵一听,又摇起头来:"使不得,这法子使不得,弄不好连身家性命都要搭进去呀!"

阎三才看牛玉贵这缩手缩脚的样子,大笑说:"哎呀,牛掌柜,你也不想想我阎某是干什么的?前算五百年,后算五百年!我跟那神剑主人已经好几个月了,早套出了他的真言。其实,他这剑也是从别人处弄来的。我告诉你吧,这神剑就是再神,它也不是从一而终,谁拿到手谁就是它主人。而易主这事儿看似难,却又极易,只要在三步之内,当着剑主人的面你把剑拿到手,对着它吹三口气,这易主的事儿就成了。"

牛玉贵一听,将信将疑:"有这么神?"

阎三才肯定地朝他点点头:"耳听为虚,眼见为实。只要您一句话,咱们就干,也算我阎某与您交情一场。"

阎三才一番话,说得牛玉贵心里痒痒的,想到自己日后要真有了这么一把剑,从此就可以高枕无忧了,牛玉贵终于下了和阎三才一块儿去弄剑的决心。

按照阎三才的安排,牛玉贵随他来到顺来客店,见到了那位持剑侠。剑侠人长得白白净净的,看上去十分文雅,他自称姓刘,说听阎三才讲顺昌钱庄牛老板是个仗义之人,很愿意高攀。

牛玉贵于是也给刘剑侠回礼,接着两人又寒暄了几句,这当儿,牛玉贵看到了刘剑侠后背上那把二尺左右的短剑。正如阎三才说的,刘剑侠和他的这把神剑是"身不离剑,剑不离身"。

阎三才要店里的伙计端几个菜来,又开了一坛汾酒,三人分上下座坐下,准备开喝。

这时,刘剑侠拱拱手,说:"抱歉,请容在下去出恭一下。"说罢,就转身走了出去。

阎三才对牛玉贵一抱拳,说:"牛掌柜,真真是天助你我啊!"说罢,他急急地从怀里掏出一个小纸包,打开,将里面的粉末撒进刘剑侠的酒杯中。

刚刚做完这事儿,刘剑侠就回来了,牛玉贵惊出一身冷汗。

刘剑侠当然不知内里,他朝牛玉贵微微一笑,说:"今日得以认识牛掌柜,真是三生有幸,我先干一杯,算是敬您。"说罢,就将酒杯端了起来。

牛玉贵此时的心提到了嗓子眼!

但就在此时,奇事发生了,就见刘剑侠背上那把剑突然跳动起来。刘剑侠身子一点没动,可那剑却不停地上下跳动,大有冲出剑套之势。刘剑侠"砰"地将酒杯掷在桌上,紧锁双眉,说:"二位仁兄,此酒不可喝。酒中有毒!"

阎三才明知故问:"何以见得?"

刘剑侠指指自己背上已经停止跳动的剑,说:"是它告诉我的。对不起,我要先出去一下,告辞!"说罢,也不等牛玉贵二人点头,他一纵身便从炕上方的窗户飞了出去。

牛玉贵早已看傻了,对阎三才说:"神了,真神了。"

阎三才却直摇头,说:"这事儿可不能就这么算完呀!"

当晚,阎三才将刘剑侠引到牛玉贵的钱庄,喝罢酒,又让牛玉贵将刘剑侠安排住下。牛玉贵不知阎三才葫芦里卖的什么药,阎三才笑笑,也不说。

到了下半夜,阎三才悄悄将牛玉贵唤起,轻声说:"咱们趁他睡沉时,将那神剑盗来!"

这夜正是下弦月,月光照得地上一片白晃晃的。阎三才和牛玉贵两个人蹑手蹑脚来到刘剑侠住的屋下,听到屋内鼾声如雷。

牛玉贵趴在窗户上,用嘴舔开窗户纸,往里一看,见那神剑就挂在离刘剑侠脑袋上方三尺的地方。牛玉贵正要招呼阎三才,猛地听到极轻的"砰"一声,一看,那神剑已经在剑套里欲出欲进地上下跳动起来,眼看就要跳出来杀人了,牛玉贵吓得不由"啊"地大叫了一声。

随着这一声惊叫,刘剑侠早已一个飞身跃下炕来。他冲出屋子,急急地喝问:"谁?"

阎三才忙出来打圆场,说:"牛掌柜担心你睡不好,约我一起来看看。"

三个人于是进屋,闲聊起来。

渐渐地,就说到了那把神剑。阎三才就说牛玉贵如何如何喜欢这把剑,而刘剑侠却不答话。

阎三才于是就故意说:"哎呀,要是哪里有卖这种剑就好了。"

刘剑侠这时才抬起头来,轻轻一笑,说:"在下这把剑可是价值连城哪,怕是像牛掌柜这样的人家也要倾其所有才行。"

阎三才一听刘剑侠这话有门,立刻接口道:"好,君子一言,就这么定了!"说罢,他冲牛玉贵使了个眼色。

牛玉贵爱剑心切,忙随着点头。

这一来,刘剑侠不由面露难色起来,说:"刚才我只是戏言,二位怎能当真?"

但是阎三才不干,催促着牛玉贵拿来纸笔,当场和刘剑侠立下买卖字据。

就这样,牛玉贵转眼之间就成了神剑的主人,但是他的家财也几乎"全军覆没"。

毕竟是多年经营的心血啊,眼看顷刻之间就化为了乌有,牛玉贵到底心有不忍。他问阎三才:"你……你这是……"

阎三才嗔怪他道:"你呀,你真真是山西老抠!有道是'留得青山在,不怕没柴烧'。时下土匪横行,你纵有万贯家财,能抵得上他们那钢刀不成?而现在你有了这把神剑,就可以放心去做买卖,再赚它个钱庄出来!"

牛玉贵想想,也是。

可谁知没出两个月,一日深夜,一帮土匪来"光顾"牛玉贵的钱庄,关键时刻,那把神剑没丝毫反应,一夜之间,牛家被土匪抢了个精光。

牛玉贵想不通:神剑怎么会失灵呢?

转过年,为讨要一笔生意上的钱,牛玉贵只身去了晋南,不料钱没要到,他身上仅有的盘缠又被土匪劫走,最后只落得个沿街乞讨的下场。

此时已过立春,可是偏偏遇上了倒春寒,天越来越冷,又下起了春雪。那天,牛玉贵粒米未沾,又冷又饿,颤抖着身子在大街上漫无目的地走着,想寻一处避风的地方过夜。

当他走过一家店铺时,听到里面有人正在喝酒划拳,好不热闹。猛地,他听到一个十分熟悉的声音,抬眼往里一看,愣了。谁呢,是阎三才;而坐在阎三才对面的,竟是那个刘剑侠。

牛玉贵一下子明白了:什么神剑?原来竟是他们两个做好了圈套,骗我往里钻!

他气得一步冲进去,一把揪住阎三才骂道:"狗日的,你竟干下如此勾当?还我钱来!"

阎三才先是一愣,待看清来者是牛玉贵,旋即大笑起来:"噢,是牛掌柜啊,怎么今儿个有空到这儿叙旧来啊?"

牛玉贵不想阎三才他啰唆,拉着他就要去见官。

就在这当儿,牛玉贵被人猛地一推,一看,是刘剑侠。

刘剑侠说:"一个愿买,一个愿卖,就是到了衙门又怎的? 你一个泼皮,竟敢来这儿撒野?"

说着,早有几个人上来,将牛玉贵掀翻在地,一顿拳脚打得他昏了过去。

随后,牛玉贵就被这伙人扔到了大街上。

后来,牛玉贵是被阎三才唤醒的。

阎三才蹲在雪地里,冷冷笑着,对他说:"放心,牛掌柜,我阎某是不会把事情做绝的。今儿我送你一副起死回生的方子,那就是你我合作,再把这剑卖给别的'大头'。但事成之后,要五五开分成哟!"

"呸!"牛玉贵一听,狠狠啐了阎三才一口。

那阎三才倒也不恼,用手将脸一抹,说:"都到这份上了,你还逞什么干巴强呢? 得了,我把这剑的秘密告诉你吧,也好让你死得瞑目。实话实说,这世上哪有什么神剑,那都是我编出来糊弄你的,没想到你聪明一世、糊涂一时呀!"

顿了顿,阎三才又说:"我告诉你吧,哪来的什么剑侠,他是我兄弟哇! 为什么那剑会自动跳呢? 就因为我兄弟是个戏子,武生的行当,抖帽翅、抖肩那是他的拿手好戏。至于那晚你看到他睡觉时剑也在跳,那是因为他暗中用马尾儿拴着那剑,专门表演给你看的。明白了吧……"

牛玉贵一听,如雷轰顶。

第二天早上,人们看到,晋南雪地上死了一个外乡人,他身上有把剑,身前有几行已经有些模糊的字迹,细一辨认,那几行字写的是:眼见不实,耳听为虚;害人不可,防人牢记;家破人亡,千古冤屈……

(范大宇)

(题图:黄全昌)

铁 笔 先 生

　　明末清初,豫北锦鸡庄出了个采花大盗。此贼来去无踪,轻功甚是了得,而且专拣未出阁的绝色女子下手。一时间,庄上未出阁的姑娘个个提心吊胆,家家不得安宁。

　　锦鸡庄庄主姓严,叫严清风。严家也有一个如花似玉的闺女,日前已与庄里有名的文举人订下了婚约。为防采花贼下手,严庄主一面不许她闺女迈出大门半步,并加派庄丁日夜护院巡逻;一面又四处张贴告示,凡擒拿采花贼者,一律赏银千两。

　　重赏之下,先后来了两个壮士,声称定能擒拿采花大盗。可是就在他们拍胸脯的当晚,庄上又有两个姑娘遭采花贼糟蹋。那两个壮士自觉羞愧,只好悻悻而去。

　　此后,庄里就再也没了来揽这"瓷器活"的人,严庄主无奈之下，只好下令再加赏银千两，盼望能有降伏采花贼的高人出现。

告示贴出不久，有位自称"铁笔先生"的老者来见庄主。此人看上去年约七十，个子不高，脸颊清瘦，长须飘胸，腋下还夹着一支斗大的狼毫，完全是一副教书先生的模样。

严庄主一看，心里凉了半截：两位壮士都奈何不了那贼，这瘦老头有何能耐？莫非是混赏钱来的？

一个庄客打趣道："老先生，我们这儿不是开学堂请先生，你走错门了吧？"

铁笔先生微微一笑，开口说话时口齿非常清楚，声音十分洪亮："老朽没走错门，不就是擒拿区区一个采花贼吗？来！笔墨伺候。"

严庄主不知他何意，让人在桌上铺开一张宣纸，又准备了笔墨。

只见铁笔先生一步上前，大笔一挥，宣纸上出现了十个大字：一物降一主，卤水点豆腐。

看热闹的人议论纷纷：这算什么本领？大家不由笑出了声。

这时候，有位庄客好奇地去揭铺在桌上的纸，没想到揭起一看，却是一张没有写过字的破纸，而铁笔先生刚才写的那十个大字，居然已经透过纸背，像生了根似的扎在桌子上。

严庄主大为惊奇，虽然看不出铁笔先生到底有无轻功根底，但这样的奇人已属少见，于是立刻把他留在了府上，盼他为大家擒贼除害。

要说这位铁笔先生，也确是一个奇。人家捉贼大多昼伏夜出，他却正相反，夜里呼呼大睡，而白天却忙忙碌碌的几乎没有停歇的时候，不是到受害人家中串门聊天，就是去街上走，去店铺里串，去庄里、庄外逛。

转悠了几天，他索性搬了一张桌子放在街上最热闹的地方，卖起画来。只见他在桌上铺开宣纸，一阵阵挥毫泼墨之后，一个个风情万种的女子便跃然于一张张纸上。画的落款统统是"花中君子"。

要知道,这花中君子的名声在当地可了不得,传说他原是江湖上一位专画美人的"画怪",因画而出名。人们向来只见其画未见其人,所以今天一看花中君子当街现身,消息立刻传开,都来一睹他的丰采,街上的人越聚越多。

临近中午时分,街当心分外热闹。这时,只见一位白发银须、精神矍铄的老头从人群中挤出来,走到铁笔先生跟前,满脸怒气地大声呵斥:"哪儿来的狂徒,竟敢假冒我花中君子的名号?再不滚蛋,休怪我将你报官问罪!"

铁笔先生朗声一笑:"老夫休得口出狂言,有能耐不妨也来一幅? 让众人看看到底谁是冒牌的家伙?"

"此话当真?"

"岂能有假!"

白发老头朗声应道,之后袖子一挽,大笔一挥,顷刻间,一位眉是眉、眼是眼、桃红唇、胭脂脸的绝世美女,栩栩如生地出现在了画纸上,落款也是:花中君子。

人们想不到眨眼之间会突然冒出来两个花中君子,一时也分辨不清他们到底哪个是真,哪个是假。

就在众人惊疑之际,铁笔先生突然一声断喝:"畜生,哪里走?"喊话间,"嚓"他甩出了手中的狼毫。

几乎是与此同时,白发老头已掠上众人头,如脱弦之箭蹿出一丈多远。不过他还是慢了一步,被狼毫击中,应声跌倒在地。

众人一阵惊呼:"这老头莫不是采花大盗?"

于是铁笔先生带领大家一拥而上,把白发老头捆了个结结实实,扭送到县衙大堂。

白发老头一见县太爷就跪地磕头,连喊冤枉:"大人! 小的私察暗访,发现了采花大盗,可恨此贼武艺高强,小的遭其暗算,反被诬陷,求大人为小的作主!"

县太爷一拍惊堂木喝道:"大胆!下跪者何人,竟敢在本官面前胡言乱语?"

白发老头回答说:"大人,我是文举人咧!"

闻讯赶来的严庄主此刻刚好一脚跨进衙门,一听白发老头自称是他家的乘龙快婿文举人,指着老头就骂:"大胆狂徒,竟敢如此胡言,我家姑爷岂是你这等败类!"

白发老头见严庄主和县太爷不信,只好脱下发套,摘去胡须,露出了年轻俊秀的面容。

县太爷一看眼前这老头果真是文举人,傻眼了:文举人怎么可能是采花大盗呢?定是受人诬陷。于是一拍惊堂木,冲着扭送文举人来县衙的铁笔先生吼道:"大胆淫贼,你竟敢嫁祸于人,还不快快从实招来?"

谁知铁笔先生不惊不慌,面无惧色,当堂道出了一个令众人不敢相信的事实。

原来这些天,铁笔先生通过走访受害女子和庄里的百姓,发现采花贼乃是一名美色狂,采花前必先燃亮一支小小红烛,端详女子美色。若女子容貌欠佳,他毫发不损,怅然离去;若是绝色女子,便淫心大起,任意糟蹋。

一天,铁笔先生路过一家字画店时,偶然发现一幅落款"花中君子"的美人画,凭他几十年磨炼丹青的独特眼光,很快就从画中捕捉到了受害女子张家小姐的眼睛、李家小姐的小嘴、刘家小姐的脸蛋,而这些女子平日里都是大门不出、二门不迈的大家闺秀。

由此可见,此花中君子分明就是那个作恶多端的采花大盗。铁笔先生于是向字画店老板打听美人画的来路,老板说,它是一位不肯透露姓名的人送来的。为了引出这个画怪,铁笔先生决定在街头冒"花中君子"之名卖画,激他出来。

　　而那个花中君子呢,哪里料到铁笔先生卖画其实是故意设计,他根本没把铁笔先生放在眼里,既然有人冒他之名,他于是一番乔装打扮之后,就上街兴师问罪来了。后来当铁笔先生喊出"畜生"两字时,他似乎预感到了什么,不由一阵惊慌,想逃之夭夭,没想到铁笔先生早就从受害女子那里得知他左腿侧有一大簇奇异的黄毛,于是甩出手中饱蘸胶水的狼毫旋住他的腿,花中君子这才束手就擒。

　　堂上堂下所有的人听完铁笔先生的话,都不敢相信自己的耳朵。

　　县太爷命衙役当堂验看,果然发现文举人左腿侧有一大块黄毛,只是已被胶水粘没了,留下飞鹰样的胎记。

　　文举人还想狡辩,这时,被派往文举人家搜查的衙役,已把搜查到的那些受害女子的内衣都呈上堂来。这个花中君子采花贼有一个怪癖,就是每糟蹋一名女子,都要把女子最贴身的内衣带走,私藏家中。

　　文举人终于像霜打的茄子一般蔫了下来……

　　严庄主万万没有想到温文尔雅的文举人竟是千夫指、万人骂的采花大盗,痛心之余又有几分庆幸,自己差点亲手把女儿送入虎口啊!严庄主于是赶紧命家丁速取赏银,外加黄金五十两,他要重重酬谢铁笔先生。可一回头,才发现铁笔先生早已不见了踪影!

(田　晓)

(题图:黄全昌)

奇人有一功

　　俗话说："京油子,卫嘴子,保定府的勾腿子。"前两个好理解,北京人会说,天津人会吃,可"保定府的勾腿子"是啥意思?

　　嘿嘿,"勾腿子"说白了就是摔跤。

　　故事还得从清朝乾隆年间说起。这天,保定府"天下第一腿"跤馆门前来了一个叫花子,望着"天下第一腿"的横匾戳戳点点,末了竟往上面吐了几口唾沫。

　　这还了得?横匾是跤馆的招牌,往上面吐唾沫就是扇馆主的耳光哪!于是馆主刘一腿领着一帮人气势汹汹地跑出来,其中几个年轻气盛的徒弟抡起拳头就要朝叫花子身上打去。

　　说也奇怪,那叫花子竟不躲不闪,反而脱下身上的棉袄,把它裹在跤馆堂前的柱子上。

刘一腿火了："你今天不把老子横匾上的唾沫擦干净，就别想走！"

叫花子却跺着脚嚷道："这不关我的事。横匾上又没有字，我还以为是一块普通木板哩！"

刘一腿抬眼一看，可不是嘛，原本横匾上好好五个"天下第一腿"的镏金大字愣是没了，只剩下一块黑漆漆的木板悬在那儿。他以为自己看花了眼，使劲揉揉，再看，依然如此，他傻眼了。

刘一腿闯荡江湖多年，什么样的奇人异事没见过？可眨眼间变没五个镏金大字，别说看，就是听都没听说过，他知道碰上高人了。

为了弄清叫花子的来路，刘一腿小心翼翼地赔着笑脸说："你我远日无仇、近日无怨，不知何故今天让我难堪？"

"难堪？"叫花子哈哈大笑起来，笑声凄厉而怪异，直刺刘一腿的耳朵，"你刘馆主真是健忘啊，还记得三十年前的八月十五吗，有个年轻人找你比武，结果却被你一个穿裆腿踢伤了命根子。"

刘一腿被叫花子这一说，猛然想起来了，当时是有个年轻气盛、争强斗狠的小伙子伤在了自己的穿裆腿下。看来，这当年的后生远在天边、近在眼前，他是报仇来了。

整整三十年了啊，当年的后生如今武艺练到多高了呢？

刘一腿为了进一步摸清他的底细，激他说："怨有头、债有主，你有仇就冲我来，干吗拿横匾撒气？"

叫花子一听："行，不就再变回来呗！"说完，把裹在柱子上的破棉袄一扯，朝地上一扔，大喝一声："还不快回家？"

他话音刚落，就见那横匾上"天下第一腿"的"腿"字露出了金黄的一角，紧接着"天下第一腿"五个镏金大字一个一个全露了出来。几乎是与此同时，一条粗粗的黑线从横匾流到柱子上，又从柱子蜿蜒而下,直直地流进了地上的破棉袄里。

众人惊得目瞪口呆,因为直到这时候他们才看清,那粗粗的黑线不是别的,是密密麻麻的虱子组成的虱线。

刘一腿闯荡江湖多年,再见多识广,可这号子事他还是第一次看到,直觉告诉他,叫花子此行对他来说凶多吉少。

不过刘一腿到底是刘一腿,很快眼珠一转,说:"你要报当年一腿之仇,也是天经地义的事,可你已经准备了多年,总也得让我准备准备呀?"

叫花子倒也爽快,出口就说"行"。

于是双方约定,半个月后索性到直隶总督署广场上去较量,那儿人多,谁也赖不了谁。

话说半个月后的这天,叫花子准时来到直隶总督署广场,广场上倒是已经围了不少看热闹的人,可就是不见刘一腿的影子,又等了两炷香的工夫,刘一腿还是没来。

叫花子吃不准刘一腿到底玩的什么花招,脑子一转,冲着围观的人群抱拳说:"各位父老乡亲,'天下第一腿'跤馆馆主刘一腿今儿个改名了,就叫刘乌龟。"

他话音刚落,突然从天上飞下一个人来。谁?刘一腿。原来直隶总督署广场上竖着两根足足有八丈高的大旗杆,旗杆之间悬挂着一个吊斗,那是给观察火情的守夜人用的,刘一腿此刻就是从这个吊斗上飞身下来的,一个鹞子翻身稳稳地落在了地上。

看热闹的人搞不清是怎么回事,有人就拍起手来。

叫花子对刘一腿说:"保定府的勾腿子不是天下第一吗?今天咱俩就比比腿功,如何?"

他们商定了一个最简单的办法,就是两人互勾对方一腿,谁动了身子离了原地,就算谁输;输的人就要在广场上爬一圈。

叫花子说办法是他先提出来的,应该让刘一腿先来勾他的腿。

这一招刘一腿过去和人比试过多回了,根本不在话下,所以他稍稍定了定神,把精气往右腿上一运,就见右腿上的皮肤立刻冒出丝丝白气,紧接着右腿就慢慢粗壮起来,"嘭"地一声把裤管都鼓裂开来。说时迟、那时快,刘一腿一个"怪蟒缠身",他那粗壮的右腿就牢牢勾住了叫花子的左腿。

刘一腿原以为叫花子立刻会被他这一招折败,可谁知此刻叫花子的两条腿就像两根铁柱似的纹丝不动。刘一腿不甘心,定了定神,又重新凝神运气,可任凭怎么用劲儿,叫花子始终稳如泰山。

叫花子哈哈大笑:"刘馆主啊刘馆主,你还是老老实实认输的好。你真以为我找你报仇来了?哈哈,我只不过是要让你知道,你有再强的功夫,也别欺强凌弱、霸道一方。"说罢,叫花子突然一侧身,一头朝地上的大青砖撞去,只听"噗"的一声,地上冒出了一股青烟。

看热闹的人惊呆了:直隶总督署广场上大青砖的硬度是出了名的,而此刻那大青砖已经被撞成了齑粉。

叫花子说:"怎么样,我除了腿功,还有头功。"

看热闹的人群里就有人喊起来:"刘一腿爬呀,不是说好谁输谁爬的吗?"

刘一腿并不惊慌,说:"喊啥,输赢还没最后定论哩,看我的!"说罢他四肢着地,身体弓起来,活像一只跃跃欲试的癞蛤蟆。

刘一腿对叫花子说:"随便你动我哪条腿,只要移动分毫,我立刻在广场上爬三圈。"

叫花子瞥了刘一腿一眼,弯下身子,抓住他的右腿拼命扳呀扳,愣是没搬动;于是又换成左腿,拼命扳呀扳,还是扳不动。

叫花子于是就站起身来,围着刘一腿转了三圈,盯着他得意的脸足足看了有三分钟,突然指着他的鼻子大喝一声:"你还不快给我蹦起来?"

这时候,奇迹发生了,刘一腿果真听话地蹦起来,一边蹦,一边嘴里还发出"呜呜呜"的声音。

"哇——"场上立刻爆发出一阵惊叫声。

刘一腿没话说了,只好四肢着地在广场上爬起来。爬过人们跟前的时候,有人发现他两只脚底上布满了斑斑黑点,细一瞧,竟目瞪口呆!这是虱子组成的八个字,一边四个:"山外有山"、"天外有天"。虱子还在动,不痒才怪呢!难怪刘一腿会蹦起来。

保定府从此便流传起虱功来。

(纯 三)

(题图:黄全昌)

www.ingramcontent.com/pod-product-compliance
Lightning Source LLC
Chambersburg PA
CBHW071715140626
46557CB00011B/445